接着，只要再贴上一枚邮票

［日］小川洋子　堀江敏幸/著

黄棘　徐旻/译

上海译文出版社

第一封信

　　昨天，我做了一个重大的决定。我决定永远闭上眼睛。即使是醒着的时候，也和睡着的时候一样，永远，闭着。

　　这样写，可能会无端地引起你的担心，但请你别把它想得过于严重。首先，人在一天中有三分之一的时间都是睡着的，除此之外的时候也时常眨眼挡住自己的视野，所以如果有机会精确地来测定眼睛睁开的时长，那一定短得令人吃惊。我们总感觉自己是睁大眼睛始终注视着世界的，但其实那是一种错觉，映入眼帘的多半都是黑暗。你没必要害怕什么。

　　当然，做了这个决定，我一定也会失去很多。也有人劝我说，你不妨再重新考虑一下。但是，即使闭上眼睛，也还是可以这样写信给你。语言不会消失。既然如此，那也就足够了。

黑暗中映出的文字比白色信纸上的文字表情更丰富，更有深度。即使文字的轮廓是清晰的，但当你把焦点放在那里时，不知为什么，你会发现它看起来轻轻地摇晃着。一个字一个字的，似乎都隐藏着与它们相配的秘密故事。

要给在黑暗中书写的信贴邮票，最合适的无疑是唐纳德·埃文斯的作品。排列在集邮册黑底的内页上、属于某个遥远的小小国度的可爱的邮票。

我现在还记得，以前从你那里收到的第一封信。坦白说，我对里面的内容什么都想不起来了，但是信封上贴的邮票，令人难忘地留在我的记忆里。在邮资足够寄出一封信的常见官方邮票下，还贴着一张不常见的邮票。我花了一段时间才意识到，那是你亲手绘制的邮票。

邮票上的图案是一只昆虫。后来我去查过图鉴，但最终也还是不知道它的品种。它是如此平凡朴素，除了"昆虫"这个称呼以外，没有其他更多的信息。它趴在一片平整的叶子上。身体分为头部和躯干两节，颜色为深棕色。从树叶缝隙射进来的光线照耀着它，闪闪发亮。光影的质感，六条腿上密密的绒毛和叶脉，都被清楚地描画出来。它就这样被塞在一个小方格里，线条简洁，毫无冗余。

它是会飞的昆虫吧？说不定在紧急情况下身体的中心会裂开，并从那里伸出翅膀。不过它看起来并没有那种想要挑战对手的紧张感。看着不太有用的短短触角，努力向前探出，似乎正在犹豫现在应该朝着哪个方向前进。

虽然图案有点奇怪，但它仍是一张制作精美的邮票。无论是纸的质地、上色的程度，还是写在角落里的字母，都让人看不出是假的。而且，它带着那种完全不在乎另一张正式邮票存在的感觉，大大方方地贴在信封上。还有最重要的一点，比其他细节更让我觉得它看起来像真邮票的，是那些沿着虚线撕开时才能形成的边缘锯齿状痕迹。围绕着四周，那微小的一个个半圆连在一起，成为这张邮票是真品的证明。

即便邮局职员真被骗到了也无妨。或者是，既然已经贴了足够的邮资，邮局职员也就觉得没必要过于计较。就这样给两张邮票平等地盖上了邮戳，仿佛是承认了这只迷茫的昆虫也是传递语言的标记。

我是那时候才知道你是一个会画画的人。这是一个令人惊喜的发现。对于我来说，擅长绘画的人是神秘的存在，就像那些可以毫无困难地解开 sin、cos、tg 计算公式的人、那些能轻松地完成后空翻的人一样神秘。

"我只是在模仿唐纳德·埃文斯。"

当我对着精心制作而成的既浪漫又充满灵气的邮票大发感慨时，你用那种这也算不上什么的语气回复我。

"用了妈妈的花边剪刀，那是她的主意。"

对于边缘的齿孔，你也爽快地进行了揭秘。然后，在下个月我生日的那天，你送了我埃文斯的画册和花边剪刀作为礼物。书、花边剪刀，这两个形状完全不同的东西被包在一起，这个像是花了好一番功夫才扎上缎带的包裹，在我的双手中，害羞地呈现出扭捏的形态。

从国旗到语言、货币、气候、宗教、风物……系统性地创造出一切事物，创造出一个虚构的国家，并给它命名。画家在短短的一生中，画了四千多张由这个国家发行的邮票。

我阅读了画册上的埃文斯个人资料，终于理解了那只昆虫不在图鉴上的原因。那是一种想象中的昆虫，栖息在虚构的国度那遍布山野的树林中。要是能打开那个国家图书馆收藏的图鉴，上面一定记录着那种昆虫的名字、食物、交配的方式和虫卵的隐藏方式。尽管是那种不起眼的样子，但既然能被画成邮票，或许它是被指定为国家天然纪念物的虫子，又或许是干燥烘焙后可以用来泡茶的灵丹妙药，总之就是那种受到国民们偏爱的昆虫吧。

你还记得我用花边剪刀做的毛绒玩具吗？用深棕色的毛毡面料裁剪成椭圆的不倒翁形状，里面填充棉花做成了一只昆虫毛绒玩具。我还煞费苦心地给它做了六条腿和两根触角，眼睛和嘴不知道该怎么办，所以只好用黑色纽扣和毛线做成相近的样子缝上了。最后做成的成品，怎么看都像是濒临死亡而无法团起身子的西瓜虫，或是长得太胖的蜈蚣身上的一截。

我们称它为王子唐纳德，特别喜欢它。因为它就是那个，无论如何换乘航班都无法到达，但毫无疑问地存在于信封一角的王国里的年轻小王子。我们有时用唐纳德吓唬偶尔来玩的小外甥女（每每大哭一场），有时毫无目的地揉搓抚摸它，或是用它来擦架子上的灰尘，也许就是因为你一直对它做这些跟王子不相称的行为吧，不久，那只触角掉了，棉花露了出来，背上也皱巴巴的，变成了落魄的样子。一派在继承者战争中落败的可怜流亡者样子。

我不曾记得把它扔掉，但不知什么时候它就不见了。只能说不知什么时候，各种各样的东西以这种方式从我的面前消失，王子唐纳德是其中我特别在意的一个。或许它现在回到了纷争平息后的祖国，在杂木林深处罕有人至的黑暗树叶阴影里安定下来。但尽管如此，它还是会怯生生地向前方伸出颤抖着的触角吧。此刻我能很清晰地看到那个情景。脚尖的绒毛接触枯叶发出沙沙的声音，潮湿的泥土的味道，触角的尖端前方空气微微颤动的气息，都从我的眼睑背面传来。

或许只有眼睛看不见的东西，才会如此清晰地存在于黑暗中。对于生活在虚构国家的王子唐纳德，我认为再也没有比这更适合的方式了。至于那本画册和花边剪刀，则和王子的命运截然不同，它们至今仍在我手边。如果愿意，随时可以翻开画册，再次看到那齿孔的边缘。

不知什么时候消失了的，依然留在身边的，本来应该离得很远的东西，因为闭上了眼睛，终于重逢了。相会之后彼此都意识到，其实并不曾分离，只要一伸手就能触碰到对方，于是心照不宣地对视微笑。在那只有邮票大小的方寸之间、眼睑背面的小小黑暗中。

今天中午，一位前来拜访的翻译家朋友为我们讲述了一位独特的荷兰作家，他写了一部只有动物登场的作品。据说在他的作品中，有一头只懂一个字的大象写信的场景。在考虑了如何翻译这一个字之后，翻译家选择了"く（ku）"[1]。

"くくくくくくくくく……"

这翻译真是说不出的合适。这是一封多么棒的信，写起来很简单，字的形状就像一片片掰断的饼干一样可爱，读起来像小鸟的叫声，听上去又像女孩忍不住泄漏的轻笑。我忍不住就开始幻想，自己也能收到这样的信。同时，我也惊讶地意识到即使只认识一个字也是可以写信的。对于信所具备的包容能力，简直可以说生出了敬畏之心。

在知道了这个大象的故事以后，我不由自主地想，如果自己也来写只有一个字的信，会选择哪个字呢？即使同样是表现笑声，"ほ（ho）"太装腔作势了，"ひ（hi）"和"け（ke）"听起来有点不怀好意，"へ（he）"挺粗俗的，"ら（ra）"太乐观了，"む（mu）"是阴沉的，"こ（ko）"是烦人的，"な（na）"是强制性的，"ま（ma）"是恋母情结，改成"あ（a）"的话，不知怎么的感觉有点太享乐……没想

---

1 括号里以日语罗马字标记发音。——译注，下同

到居然这么难选。

再比如用"と（to）"如何？

"とととととととと……"

看上去是不是很像插着牙签的前菜小食规规矩矩地排成一排？对应的声音，像是一边把手伸向牙签一边在考虑选择哪一个时发出的，有点迷茫、犹豫的感觉。心里完全没底，对自己的选择是否正确没了自信，喉咙深处仿佛还隐藏着真正想吐出的字眼。我喜欢那样的郑重其事。

或者，用"る（ru）"。

"るるるるるるるる……"

从卷翘的舌头中滚出来，与不知不觉就要唱出来的轻快感不相符，字形像是一列抱着膝盖蹲着的孩子。两膝紧紧地贴在一起，两只手撑在下巴和脖子之间。就算抬起视线，映入眼帘的也只有前面孩子的后背。没有一个孩子知道自己是为了什么而排队，或者在等待着什么。

收到这封信的人，一定会想捏住"る"的前端，把它轻轻地拉起来。这样一来，"る"就会打开，像丝带一样连在一起，孩子们终于可以伸展僵硬的膝盖了。也不用再担心在队伍的前方等待着自己的到底是什么了。

虽然如此，我还是会选择"ん（n）"。

"んんんんんんんん……"

既像在随声附和，也像是歪着头温柔地反问。像是在思考纠结着，保留答案，先争取时间。肯定一切，原谅一切……可以有各种各样的解读吧。但，这封信想表达的其实是，这里没有语言。不论是在喉咙深处，在舌尖上，还是在丝带打出的蝴蝶结上，任何地方都没有隐藏任何语言。不管怎么用"ん"填满一张信纸，沉默只会越来越深。我想寄给你的，就是一封这样的信。

即便我闭着眼睛，朋友也还是留下了一本她新译的小说，回阿姆斯特丹去了。她已经在那边生活了三十年，但直到现在，只要回日本过一段时间，荷兰语就会明显地变差。她开玩笑地说，哪怕刚开始把行李装进箱子，准备要离开阿姆斯特丹，就能感觉到自己的荷兰语在瓦解。

这是不是证明了，比起花了三十年努力积累起来的语言，在一句话也不会说的婴儿时期随随便便飘进耳朵里的母语更为强大？只要稍有疏忽，无敌的婴儿就会来破坏搭好的积木塔。嘴角露出霸气的笑容，眼里闪耀着充满干劲的光芒。婴儿在牙牙学语的"啊——呜——啊——呜——"声中，无情地挥舞着沾满口水、辅食和汗水的手，在它面前，摇摇欲坠的积木不堪一击。应声倒塌。

在母语和荷兰语之间，架起像积木一样危机四伏的桥。我对一步一步地小心翼翼、勇敢地来去的她由衷地怀抱敬意。因为在不同的语言之间的往返，是比穿越无论多么浩瀚的海洋更令人心慌的旅程。

母语中用到"母"这个字，可能也是为了稍微缓和一下这种心慌吧。父亲的意象，总觉得达不到这个效果。抱起推倒积木的婴儿，轻轻摇晃安抚的，终归还是母亲的手臂。

关于只认识一个字的大象写的信，我之所以生出这一连串的联想，都要归功于那位勇敢的语言旅行者。说到这儿我又想起来，你知道吗，小象也会吮吸自己的鼻子，就像人类的婴儿会吮吸手指一样。仔细想想，不管是手还是鼻子，忍不住把自己身体的一部分放进嘴里吮吸，这是多么有趣的习性。人类是会做无意义事情的生物，虽说手指不会好吃，但吮一吮也不奇怪，但是顺应自然规律生活的聪明野生动物也会做出同样的动作，这让我有点意外。

那是自己努力让自己留在这个世界上而进行的抵抗吗？为了不让自己被吸入未知的远方，拼命地用嘴拉住自己的手指和鼻子。这样想的话，人类的手指和大象的鼻子可以说是最适合用力拉的、身上突出的部分。

　　有一群大象在热带草原水边休息。旱季，为了寻找水源不停奔走的它们已经累到了极限。几天以来第一次见到水，它们吞咽着，在干得像要裂开似的皮肤上涂上湿润的泥，为了降低体温，不断扇动耳朵。尽管如此，成年象也不会忘记对聚集在珍贵水源边其他动物们的警戒。漆黑的眼睛里总是充满着紧张。

　　被呵护在成年象群的中间，一头小象若隐若现。它们让它最先喝水，终于感觉缓过来了。它已经忘记途中曾被卷入沙尘暴，睁不开眼睛，迷失了方向，差点跟象群走散。如果那时候母象没在它屁股后面推一把，它可能就那样一直向着错误的方向走去，形单影只，现在应该已经成了肉食动物们的食物。小象没有注意到当时自己已经闭上了眼睛。它以为自己好好地睁着眼睛，追赶着沙尘暴中母亲模糊的背影。但是实际上，它的眼睛已经被迫闭上了。在小象的眼眸中映出的是透过眼睑的阳光被眼泪反射后呈现的漫天飞舞的虚幻沙尘暴。

　　但是，尽管小象年纪太小，重要的事情转眼就忘记了，但它也具备了与生俱来的、接收从远方黑洞传来的信号的力量。正因为如此，为了不被黑暗吸走，为了确认自己的身体此刻在这里的事实，它努力地吮吸着自己的鼻子。

这时，从小象的鼻子漏出来的声音是"くくくくく……"吧？

或者是，"んんんん……"？

巧合的是，唐纳德·埃文斯也是在阿姆斯特丹去世的。生于美国新泽西州的他，在阿姆斯特丹的朋友家中遭遇火灾，生命停止在了三十一岁。

虽然不在我的周围，但在世界某个地方一直画着邮票的画家，就这样在火灾中去世了。每次想到这个事实，我都会感到非常悲伤。但不知为什么，我却找不到合适的方式来悼念他的死亡，仿佛这些也和埃文斯一起毁于大火。即使我双手合十，喃喃自语祈祷，感觉埃文斯也一定不会收到。

他意识到自己死之将至吗？才三十一岁那么年轻，在突然造访的死亡面前，即便不知道发生了什么，也不足为奇。

埃文斯或许需要更多地吮吸手指。我脑子里开始冒出一些古怪的念头。我在哪里读到了有关他的故事，因为太珍惜这个上了年纪后才出生的儿子，所以出生后一个月时间里，母亲没有让任何人看婴儿埃文斯。这个传说般的爱的表现，也许导致他根本没有吮吸过手指。如果更多地吮吸手指，把自己和这个世界紧紧连住的话，也许在熊熊燃烧的火焰中，就不会被伸出的那只手拉走了吧……吮吸鼻子的小象，让我生出这样奇怪的联想。

不管是表示哀悼还是别的什么，只有一点我很清楚，能送到他那儿的只有贴着他画的邮票的信。

他画的邮票是在一八五二年到一九七三年之间发行的。算一下，距今已经一百二十一年了。我忍不住要把这个数字和埃文斯去世的年龄进行比较。于是很自然地，我感觉他依然活在自己虚构的邮票世界里。这一点恐怕没有人会怀疑吧。即使是邮局职员，也会毫不犹豫地盖上邮戳。

去过阿姆斯特丹的安妮之家吗？逃离德国移居荷兰的弗兰克一家，父亲奥托设立的食品相关公司奥佩克塔商行[1]，在靠近阿姆斯特丹市中心的王子运河街263号。这是一栋荷兰风格的长方形建筑。运河从门前流过，旁边建有一座教堂，有

---

1 指安妮·弗兰克的父亲奥托所创办的公司，售卖提炼自水果的果胶。后文提到的"后屋"就设在这家公司的办公室走廊书架的背后。

着很漂亮的钟楼。在紧邻这家公司背后的建筑物里，他们藏身在"后屋"里。

我突然想知道埃文斯遭遇火灾的建筑和安妮的密室是否离得很近。发生火灾是在一九七七年。那个时候，安妮之家已经作为纪念馆对外开放了。这些信息只要打开地图查一下就能马上知道，但是正如你所知道的那样，现在对我来说这不是一件简单的事。

但是我觉得它们离得并不远。这是一个地势平坦的小城。即使能从安妮和彼得度过二人时光的阁楼小窗户里看到燃烧的浓烟也并不奇怪，也许还能听到消防车的警笛声。紧急车辆的警笛对安妮之家的人们来说，总像是不祥的死亡信号。当隐居的窗户被铁门和厚厚的窗帘封闭的时候，只有阁楼房间的小窗户，是白天也能向外眺望的重要场所。安妮和彼得一起坐在窗边，凝视着七叶树树梢上闪闪发光的水滴，凝视着一群在阳光下闪耀着银色光芒的海鸥，美丽的景色让人失去了语言。

"只要我还活着，能看到这阳光，这晴朗无云的天空，我就不可能不幸福！"

一九四四年八月四日，带走"后屋"里人们的秘密警察的汽车，也是一路开着警笛来的吧？听说那是一个天气很好的上午。七叶树和海鸥、天空和风，在夏日的阳光映照下，一定变得更美了。埃文斯死的那个年代，除了奥托·弗兰克以外，藏身密室的人们都已经死了。《安妮日记》是一封写给虚构的朋友基蒂的书信。虽然没有投入阿姆斯特丹的邮筒，但它是在虚构世界里以特别的方式被送达的信。毋庸置疑，这种方式就是贴上埃文斯的邮票。

不知道为什么，我从小时候开始，就对那些被关着的人、把自己关着的人、关着别的什么东西的人，有着强烈的感觉。像是安妮·弗兰克、长发公主、《人间椅子》里的家具工匠、歌剧院的魅影、约瑟夫·康奈尔、《地板下的小人》、巴黎圣母院的敲钟人、罗贝尔·库特拉斯[1]……或者是被封在方形棋盘格中永远无法逃脱的国际象棋、奥赛罗、蓑衣虫、缠着的脚、福尔马林标本、盆景、玩偶屋、在圆筒状的海绵中度过一生的俪虾……当然，把一个小小世界封存在邮票这个最小尺寸画作上，用锯齿边封住周围的唐纳德·埃文斯也是他们

1 罗贝尔·库特拉斯（Robert Coutelas，1930—1985），法国画家，以描绘静物和街景闻名。

中的一员。

他们潜藏在自己的界线之内，但并不是孤立的。在我心中的湖泊里，他们每个人都乘坐小船漂浮着。那是一个站在岸边就能一览无余的湖泊，小得会被错认为是个小池塘。虽然它这么小，但还是有着小船自由漂浮也不会彼此碰撞的空间。没有波浪，湖底很深，湖水是淡绿色的。

它和任何水系都没有连接，就像是突如其来飘浮在半空中的湖泊，我也不知道这些船从哪里来，如何聚集在这里。从他们的性格上来说，应该也不是相约而来的，所以小船是按照各自的情况，在沉默中，一艘一艘地默默出现的吧。新伙伴到来的时候，没有特别的欢迎仪式，也没有引起骚动，水面还是那么平静。

那里面既有大胆地划桨，划出优美水纹向前的船，也有将船头朝向错综复杂的岸边，只是一动不动的船。有的只是顺其自然，有的围绕着某个点一个劲地打转。偶尔，也会彼此靠得很近，但它们不会交换声音。即使视线瞬间交会，也只会礼貌地用目光致意。

站在岸边，我望着那样的他们。他们绝不会离开小船，也绝不会离开这个湖，所以我大可以放心。我只是一边留意着不要打扰他们的沉默，一边侧耳倾听水面上回响的微弱声音。

可以说，这个湖是用来招待朋友来访的小房间。是把各种能让我感到安心的情景作为图案的集邮册。是一本能收纳我所有语言的日记本。

当我决定一直闭上眼睛的时候，我知道现在我的小船也浮在了自己的湖上。把自己关在自己打造的湖泊里，所以不需要感到任何不安。那里是多么熟悉的地方。安妮一定会读我的日记吧。王子唐纳德也一定会教我如何画画。即便如此，偶尔感到寂寞的话，就下下国际象棋，敲敲钟，用缠着的脚踮起脚尖跳舞吧。

以前看的电影里有这样一幕场景。怀孕的警察署长刚解决了一个棘手的绑架诈骗案，和丈夫一起躺在床上闲聊。丈夫虽然不是大帅哥的长相，但却是文静又大方。那个丈夫稍微有点害羞地对妻子坦白，自己创作的画被作为邮票的图案采用了。妻子开心极了，祝贺他，赞美他的才华。丈夫却很低调地说，那不过是一张三美分的邮票而已……二人一边想象着即将出生的婴儿，一边期待着那即将发行的三美分邮票，沉浸在幸福中。

当时我想，将来如果要结婚的话，希望也能成为这样的夫妻。那时候还是允许天真做梦的年龄。每当想起那一幕，就会有一种自己也已经切身体会了婚姻幸福的错觉。能把这种错觉具象化的就是邮票。虽然只有很低的价格，但与之成反比，隐藏着将所有世界里的所有东西都关进去的广阔，能毫不抱怨地在难以置信的距离间移动。不仅如此，还是总默默地待在信封的角落里的、惹人怜爱的邮票。

今天，我会想象着警察署长丈夫画的三美分邮票上的图案入睡。如果一直闭着眼睛，就会有一些莫名其妙的想法，不知道是从何时睡着，又是从何时开始醒来。就像以前为了睡觉而闭上眼睛的时候，视野变暗是睡觉的信号一样，希望能有一个小小的标记。所以我会在黑暗中投射出一枚邮票，当那四边消失的时候，啊，我知道现在我进入梦乡了。三美分的邮票，一定会给我带来安稳的睡眠吧。其实昨晚，决定一直闭上眼睛的第一个晚上，给我发送睡觉信号的，就是你的昆虫邮票。

你也知道我那急躁的性格，至今依然没有改变。说话速度快，自以为是，嚼到没有味道的口香糖要马上吐掉。正因为如此，明知处于不利的局势却往往主动进攻。无论是国际象棋、棒球还是冰壶，很明显后发制人都是更有利的，但我还是无论如何也忍耐不了片刻。

请不要担心回信的事。我不说你也知道，即使收到你的回复，我也没法看。在一次正面攻击结束后，由于下雨，比赛中断。这是并不罕见的情况。

不好意思，信写得太长了。谢谢你耐心读完。我从心里表示感谢。

晚安。

在暮春时节，狂风大作的夜晚

第二封信

　　我也记得寄给你的第一封信上贴了张手绘的"邮票"。花、鸟、树木、动物、鱼、交通工具……我学着儿童读物图鉴里常有的分类法，画了一系列五十三生丁[1]的"邮票"。你从来没问我为什么偏偏挑了一张昆虫。当然，为保证信能送到，我还是贴了官方的邮票。那个关在长方形空间里的昆虫并非虚构，它实际存在，被称为"害虫"[2]，又因为某些原因不能被图鉴收录，这些其实你都应该知道。因为那对于过去的你，就是未来自己的样子。也是过去的我，放眼未来时浮现在脑海中自己的样子。之所以从没有眼睑的昆虫预见你将会闭上双眼的样子，是因为我觉得那份枯竭的目光可以积极防御世界让你向外界打开心灵的逼迫。

　　"害虫"能听懂周围的语言。但它知道它企图维护自己语言的诚实之心渐渐招致周围的不理解，也许会使人的语言不复存在，它也知道自己的声音也许听来只是动物莫名其妙的呜咽。若要死守语言，只有斩断过长的触角，把自己关在屋子里了。你曾听朋友说过那个关于只认识一个字的大象写信的故事，也和这深褐色的甲虫并非毫无关系。一个字的音乐无法形成语言，也只能就此化为无言。一开始，你便说过同样的话："说到底，书信等于是无声的交流嘛。要提高这种无声的质量，就必须真人面对面，相互传送有质量的语言与声音呢。"那只在"邮票"里渐渐将自己的语言归于沉默的虫子，它所处的位置正是我俩关系的根本所在。

　　有件事要向你道歉。生日时送你的那把花边剪刀，是我关注未来而下的一份赌注。我以为，在不远的将来，你为了克服投身黑暗的诱惑，也许会亲手剪去自己的眼睑。那时，也许你会故意选择难以操作的花边剪刀，而非锋利的刀片或平口剪刀。我的想象便是如此。被剪下的眼睑没流一滴血，

1　法国改用欧元前的辅币，100生丁等于1法郎。
2　原文为德语：Ungeziefer，与卡夫卡《变形记》中男主角变成的生物为同一种。

保持着洁白，犹如供奉神明的币帛，一定会像沉入深深湖底的铜镜，映出你的心灵。着一身素白，在不为人所见之处，努力看那别人看不见的情景，这是神前巫女的使命。选择黑暗，将一枚不存在于世间任何国度的邮票投映于眼睑内侧，不仅是对自己，也是对这世界的一种占卜。当然，无论你是否选择闭上眼睑，我都将追随你的脚步前行。

　　我手绘的"邮票"差不多都是真实尺寸。虽然我说过"邮票"齿孔是用花边剪刀弄成的，那只是最初的做法。我会在画完的"邮票"四边用铅笔轻轻勾线，再沿着线用旧式的机械打字机打上一串黑点，最后顺着黑点的中线用普通剪刀剪开。如果将这样的"邮票"贴在黑纸上，边缘留下的那些黑色半圆就会和黑底色融为一体，留下白色的齿状线。之所以我寄给你的信封都是黑色，便是这个原因。并不是模仿哪些讣告的做法。不过，对于黑点的大小与间隔，每一张都经过了仔细计算。花系列用的是一九二〇年代的"史密斯可乐娜"，鸟是一九三〇年代的"安德伍德"，树木是一九四〇年代的"雷明顿"，动物是一九五〇年代的"奥林匹亚"，鱼是一九六〇年代的"奥利维蒂"，交通工具则是一九六〇年代的"爱马仕"。由于滚筒的硬化与字头的磨损，黑点的排列与颜色并不均匀。在我看来，由于这种不均造成的间隙，就像是不容许完全闭塞的心灵的光彩一般。换言之，也许就是射入黑暗中那一丝微弱的希望之光。

其实，那时我想送你的，并不是唐纳德·埃文斯的画册。只因为想找的书怎么都找不着，只得临时请出了埃文斯。想来，那时在杂乱的书库里寻觅不得，或许反倒是一份幸运。因为这对于如今的你，对于决定即便清醒也要闭上双眼的你，实在是最合适的书了。我带着这本包含照片与文字的小小书籍，不知翻阅了多少次。在自己的房间，在旅馆，在图书馆，在露天咖啡座……一旦得闲便会打开看看，自从在书店里见到它的那天起，不知不觉已过了二十多年。这些年，我走进了它的作者叶夫根·巴夫卡——一位先后失去双眼视力的盲人摄影师——的世界，这本书的语言我并不懂，但我以读不懂的状态反复阅读，渐渐陷入，到了分不清自己是读者还是作者的地步。我想与你分享，分享自己和这本梦想与现实交织的书之间的关系。

在湖畔与你相遇之前，我想同这位作者一道，写出不属于任何人的文字。若是再陷入一点，我必定会无暇顾及闭眼的事，因为只要这世界有一丝光线，自己便无法呼吸，我眼看就要那样了。但我怕了，回头了。因为我认定一个人终究做不到。那次失态之后，书就不见了。直到前些日子，我才发现它像一只甲虫趴在书库角落里。你别误会，我并没有投出烂苹果驱赶可爱的"害虫"。是它突然出现的，甲虫的背上长着纤薄孱弱的天使翅膀，忽左忽右、忽上忽下地飞了一阵，停在我的右肩上，悄悄说："来，差不多了吧。别犹豫，送我去她那边吧。"谁会犹豫？就在你今年生日当天，无论如何也要送到。我立刻安排了去临近邮局的船。是配备了破冰功能的船，为了在你内心的湖面冻结时也能前进。以防万一，还装上了好几天的干粮。但是，就在出发的那个早晨，你的信来了。

这封信，告诉我你决心"永远闭上眼睛"的信，是你一字字挑选、累积起来的吗？是你不用口述，将映在眼睑上的文字用金色的睫毛镊轻轻夹起，排列在留出大片空白的活字版上的吗？我一读到它，便觉得这信的所有文字像是同时被印在了各自应有位置上，如同意念印字一般。我没了方向，不知如何回应。也许我不应该捡拾散落的言辞，而是得和你一样，将想法一下子印上相纸，可我实在做不到。要说我能做什么反应，也许只有一边追逐"害虫"化作萤火虫后的光迹，一边与你一起，将半个身子投入那本书里。书中的叙事者是我的分身，而那里的你，就是现在应该正读着这封信的你。将书中的我也许会经历的那些事情，作为现实中自己的经历沉入体内深处，和你一同去体验。真有这种奇异的操作吗？不知道。不过，"我们"要继续今后的旅程，除此之外，似乎别无他法。

*

那天，我走得很急。从村边的自家去上学，需要绕小山丘转半圈，然后走缓坡上铺好的石子路。这是村公所给孩子们指定的上学路线。爬上山坡半腰，接下来就是一片平地，视野开阔，能望见带钟塔的校舍，还能分辨校园里嬉戏的人影。不过，那天，我违反了规矩。因为我听说学校背后的池塘里有神奇的"昼萤"出没。萤火虫除了夜间会发光的，还有其他不同的品种。白天活动的萤火虫，因发光器退化而不会发光。

但是好几年前，学校的理科老师，作为一位民间科学家，发现了一种腹部长有特殊发光器的萤火虫，即便在白天阳光下，也能发出清晰可辨的光，还能变换红、蓝、白三色。村里的教育委员会给老师下达指令：在明确判定那个物种分类属于萤火虫之前，不要进行学术发表。其实他们是打算确认一定数量的个体存在后再公布，把我们村子包装成"昼萤之乡"。老师乖乖地按指令行事，因为他觉得第二年还能观测到。一晃两年，老师病了，第二年便去世了。又过了一年，"昼萤"的存在才再次得到确认。继承老师工作的学者们，对当年的首次发现记录和第二次确认时的状况进行了仔细分析。清澄的水面上映出三色光影飞舞需要多少时间？池塘周围有什么树木、开着什么花？阳光强度如何，树木的影子延伸到什么地方？那天，各方面条件，与此前两次发现"昼萤"的状况正在不断接近。终于，村里宣布"明天下午两点到三点间，'昼萤'飞舞的可能性很高"。已故老师的成就推动了村子的历史。

"无论如何也要看到那光。如果能赶在所有人之前发现它，还想悄悄捉上一只。"我内心盘算着。我想在妈妈生日时送给她。为此，我不能被伙伴们发现，必须躲进池塘南侧的树丛里，迅速捕获。我偏离了指定的上学路线，穿过禁止入内的树林向池塘赶。我对这条路不熟。不仅坡陡，阳光也被树木遮挡，前路昏暗不好分辨。即便如此，我用手摸索着，在高过自己个头的树木间前进。走到能感受水光反射处，已经汗流浃背了。那一幕，发生在我微微松了口气的瞬间。我用双手扒开水边的松枝以便看清前方，一根硬枝忽然逃离了我的指尖，猛地弹起，重重打在我左眼上。也许说"扎在"更准确吧。眼睑没有保护我。我甚至没能叫出声，当场就蹲下了。我在等着疼痛退去，捂着的手边淌下血来，头盖骨开始发热，渐渐地呼吸也困难起来。在我模糊的意识里，传来的人声如同微弱的噪声。像是我的伙伴们聚拢来了。右眼也闭上了，仿佛在鼓励左眼。黑暗降临在我头上。但是，在那片黑暗的前方，浮动着几个白色光点！由于过度疼痛，我甚至一时忘了自己此行的目的。但此刻我终于明白了：那就是"昼萤"！那些长着翅膀的光，接连射入我微睁的右眼。然后，我失去了知觉。

我醒来时，已经在学校的保健室里。血似乎止住了，疼痛却没退。浑浊的视野里，浮现出妈妈的脸。"赶紧带这孩子去看大夫。"班主任的话里提到了教堂前广场上医院的名字，妈妈哭着点点头。我不想看到这样的眼泪。我期待的是她收到礼物时的喜极而泣。"老师……"我哑着嗓子，"'昼萤'到底有几只？""你不也在那儿吗？""对啊。""那你也该知道啊。"

"知道什么?""什么'昼萤',一只也没有出现过哦。"

最终诊断,我的左眼失去了视力。但这些都无所谓。那毫无疑问就是"昼萤",我见到了谁都看不见的"昼萤",那是只有我才看得见的光之天使。我甚至有些自豪。那年我十岁。我爸是制作铜锅的出色工匠,在我七岁那年死了,我和妈妈相依为命。虽然失去了左眼,但我获得了特殊的光。我发誓,今后要用这片光来照亮妈妈。遗憾的是,这份堪称典范的野心一年后便落空了。那次,我和朋友一起在学校山岗对面的废矿山上捡废物。那里散落着过去矿上使用的各种器材,是我们绝好的游乐场。也有小朋友捡了废铁去卖的。我主要收集那些外形像样些的工具,想着能拿到村上集市里卖点钱。不记得捡了多久,天已经暗了,我发现山坡上一只裹着泥浆的铁盒冒出头来,像是个工具箱。惊喜之下便要将它带走,我猛地拽了一下把手。爆炸声与气浪瞬间袭来,我又失去了知觉,被抬到一年前给我治疗的医生那里。这回受伤的是右眼。妈妈忘记了难过,狠狠地骂我。我找到的不是工具箱,而是个引爆器。

医生经过周密的检查,诊断说尽管现在视力能勉强维持,但还是会一点点看不见的。马上,右眼也能看到"昼萤之光"

了，接受现实吧。我做好心理建设，开始逐步为失去这剩下的一只眼睛做准备。不是去准备失明之后的生活，而是要构建失去视力前的心灵状态。在无边沙漠里迷路的人，不也会采取这种方法吗？在沙漠中央，即便想知道自己的所在地也毫无意义。反倒是放弃自己所处的位置，更能消解这份沙漠的无边。我想：即便看不见了，眼球里还有那些光，我来向它们撒上一把闪亮的沙子吧。

在我获得"昼萤之光"的同时，也开始向笼罩我日常生活的光道别。所幸这些光完全消失还需要时间。这一刻，身边世界的色彩、美丽的东西、天空的变化、云朵的流动、水边的光影、心爱的将来的你口中呼出的白汽、晒太阳小猫的毛发、奶奶烤好的面包的焦黄色……我不想忘记任何一件，生活中我用心凝视所有的事物与景象。我从未想过世界竟如此美。我要把它们全带走，准备一个包含所有色彩的调色板，带进黑暗去，就像带上便当去野餐，轻轻松松的。

完全失明后，我去了相同境遇年轻人聚集的学校，不再是准备，而是进入了同化的训练。这时，我已经开始用色彩来想象围绕着自己的各类事物与景象，用过去积累的色彩。当你在湖畔和我打招呼时，我的眼睑浮现的并非血色，而是鲜艳的红色。伴随着交谈，那份红色渐渐呈现出茶色，而后成了浓浓的胭脂色，让人联想起醇厚的葡萄酒。自那以来，你的存在总是和葡萄酒的颜色联系在一起。当我打开色彩的回路后，做出了一个很难对旁人解释的举动，我开始拍照，拍肖像照。

两扇获取光明的窗户全都关上了，还怎么拍照？这不难。我的摄影都在室内进行。我请拍摄对象走到我对面，关上灯，留下黑暗。然后，我伸出手，触摸被拍摄者，掌握他们和自己的距离。重要的是在拍摄前，用语言说明我想做的，用手摩挲着确认轮廓。经过这个阶段，仿佛有一个温热的气团往返于我和被拍摄者之间。我这边送出的气团碰到对方弹回来，能感到一丝气味，还附上一些色彩，就像肥皂泡破裂时那样。这时发生的是灵魂间的交互，从曾经的光明世界成功汇入失去光明的黑暗，只有这样的人才能获得这种交互。"准备好了吗？"于是打开灯光，按下快门。将黑暗世界收入黑暗的盒子里。于是，放光的灵魂、白昼飞舞的萤火虫之光，都由我非惯用的那只手一起记录下来。

但是，面对我的拍摄请求，所有人都会惊诧。从他们的声音、身体的颤动，还有流露的困惑，我都能察觉到。就算能按下快门，也不能自己洗印，更看不到究竟拍下了什么，为什么还要拍？我看不见被拍摄者。被拍摄者也没被我看着。一般来说，人们总会面对相机做出适当的表情。即便不看镜头，也会以被人看着为前提调整神态。或紧张，或局促，努力避免不自然的笑容波及整体。然而，在缺乏这根本前提的情况下，能拍出肖像照吗？不知道。我觉得，不知道也没关系。

即便如此，眼神又是怎么回事呢？眼睑是切断传递视线诱惑的正确装置吗？我现在，正在想象尚未遇见的你。你的脸有些模糊，与我之间是伸手可及的距离。不过，睁开眼的瞬间，哪儿都找不到你。眼神就是一种梦，也许说是梦的整体更贴切。但其中不包括噩梦。诗人咏叹：深深的黑暗。作家写道：无底的黑暗。我能指出他们的错误，我的头颅里养着"昼萤"。黑暗不过是一种外观。人的生活中，再昏暗的场所也由光构成。光明与黑暗不是表里两面。黑暗是光明的变奏。宇宙的开端不是黑暗，而是光明。如果没有光明，胶卷就不会感光。我之所以要拍照，是想在眼睑内侧的幕布上，投上绝对无法向外展现的影像，比如你的微笑。我不用彩色胶卷。因为只有黑白才能表现。

无论如何，要描绘事物存在的轮廓，在洗印阶段已是不可能的操作。拿着刚印好的照片，用指腹，用脸颊，用手掌去接触表面，都不能感到任何温度。我无法解读事物的内心，就像这故事之外的你。在显影的一瞬间，曾经存在于那里的美丽黑暗世界便会消失，因此，我们只能珍爱用手摸索的时间，回想如何拍照，如何闭着双眼看世界。

　　哦，不对。还有一种快乐，是通过别人的声音来描绘自己看不见的照片。并非谁的声音都行，必须是信得过的人，是能理解我所说的"昼萤"的人。我需要能以意义不明的状态接受我意义不明的语言，而且有勇气和我一起等待意义的碎片如钻石星尘般飘落的人。在失去视力之前，我在故乡山谷中最爱的是风。是拂过脸颊，扬起头发，摇动树枝，吹皱湖水的风。这样的风，不知为什么要遮断你的声音，遮断我比任何人都想听到的声音。我拍的你的肖像最终是个什么样子？看到自己的样子，你怎么想？我听不见你回答这些问题的声音。所以拜托你，请待在一个不受风影响的地方，一个能听见说话声的地方。不要用电话，而是你的真实声音能让我听到的地方。

*

　　坐着水黾小船驶到你内心的湖岸，头一次踏入你的房间，我身体里的另一个我动了起来。窗户关着，水面的反射光与树枝间透过的日光无法进入，我看到这里被黑暗包裹，突然说出了意想不到的话："我想为你拍照。"那时的你还拥有眼神，可你读懂了我内心另一个自己的请求，立刻点头答应了。明亮的日光洒落在彼此的黑暗中，我们拉近了距离。进半步，进一步，进两步、三步，到第四步，你拉起我的手，轻轻拥抱了我。然后用一贯的、略急的语气，在我的耳边，在这个风再大也挡不住的地方，说："来吧，赶紧，从我的黑暗里，夺走光明吧。"

　　我在另一个自己的鼓励下开了口。能听见声音，河流的声音。拍打在河岸石头上水的清凉、河边水灵青草的气味、松树林中飘散的松香、教堂的尖塔、黑色发亮的玻璃、受伤松鼠的尾巴、倒伏枯木上蘑菇的色彩、鹿蹄踏着腐土的轻盈、杯中剩下一半的苹果酒、早餐的鸡蛋、触摸兔子下腹的手掌、发霉的橙子、做坏了的贝夏梅尔酱、甜牛奶的余味……一切都从你的记忆中传来。你把额头靠着我的脖颈，默不作声，换了口气，开口说："不懂，你说的，我完全听不懂。不过，正因为如此我才懂。"我让你坐在沙发上，我坐在你身边，用手摩挲着你脸部的轮廓，向那里投去天使之光，按下羽毛的快门。从黑暗中夺取的光明，被收入暗箱，那一刻，我们想必都理解了，这片国度，不属于任何地方，如今仅存于此地。

我想把那时的照片，一直封印至今的照片，送给你。我内心的另一个自己，见到"昼萤"故事里的自己，看不见这些。我向你提出请求，请你用你自己的语言来描绘照片上映着怎样的光与影，为作为我的分身的那个我。可是，你说你闭上了眼睛。你说要待在暗箱里，不打算出来。我不发火，不抱怨"怎么能有这么残酷的事情"，而是用手指反复摩挲你寄来的信。从那些没有凹凸的纸片上，似乎淡淡地传来你肌肤的气息。我拜托我的外甥女为失去视力的我将你写来的长信转化为声音。读完后，外甥女看着呆滞的我问："要喝点甘菊茶吗？"我点点头。她把信按原样折好，放回信封，又疑惑地说："邮票上的画好像有点化开模糊了，不是印刷的吧？"

我心想：没关系。假的、虚构的邮票都没关系。即使你不存在也没关系。即便图案随着时间流逝淡去，最终消失，今后还想与你一起谈论，谈论我触摸你、捕捉你后颈漏出的光线而拍下的照片。用任何人都尚未理解的"害虫"的话语。

请务必保重身体。

在燕子飞去，清晨的寒气里

第
三
封
信

　　我写这封信是为了跟你道别。······

　　······当然我知道你是不会跟任何人提起这封信，以及从谁那里收到这封信的。如果可以的话，我希望能收到你的回信，如果今后也能像这样秘密通信的话，我会非常高兴的。······

　　我收到你的回信了。谢谢。真的非常高兴。······

　　······上一封信里我忘记写了，请不要保存我寄给你的这些信。绝对不要让任何人发现。读完后，就把它撕成碎片扔掉。就像是在终会到来的某一天，在露台上，处理从妈妈的箱子里拿出来的纸那样······

这是安妮·弗兰克在日记中留下的，写给真实人物的两封信。安妮和犹太中学的好朋友杰奎琳约定，如果有一方被迫藏身，就给对方写一封告别信。她遵守了那个约定。但事实上杰奎琳收到信已经是在战后，在安妮的父亲奥托从奥斯威辛幸存孤身归来，拿到了作为女儿遗物的日记之后。

或许她在写第一封信的时候思考过，即使正规的邮政路线不行，还有没有办法在援助者的帮助下把信送到。但安妮果然是个聪明的孩子。她不会做出让安妮之家里的躲藏者和援助者陷入危险的举动。取而代之的是她继续写了第二封信，就像是已经收到了杰奎琳的回信一样。

在被封闭的藏身之处的黑暗中，通过想象的通信向外面的世界传递语言，这种少女的坚韧，深深地打动了现在的我。我怎么可能在她面前若无其事地经过呢？我站在和牙医杜塞尔先生共用的狭长小房间的角落里，凝视她坐在桌子前的背影，只想静静地倾听笔尖在纸上划过的声音。关于"从妈妈的箱子里拿出来的纸"，很多年后杰奎琳说，那是一本记载生理用品使用方法的说明书。弗兰克家的露台是避开父母的眼睛、谈论所有秘密的好地方。两个少女在露台上互相依靠，注视着一张说明书，仿佛在解读隐藏在自己身体里的预言书。我几乎可以想象出她们那时的样子。

虽然安妮在什么事情上都想占着主导地位，但关于身体的知识，杰奎琳则更胜一筹。

婴儿不是从胃里生出来的，这也是杰奎琳教给她的。她很直接地说："成品当然是从加入原料的地方出来啊！"（一九四四年三月十八日，星期六）

和彼得一起尝到短暂但真正幸福的时刻以后，她没有更多的时间来与什么人相爱。最终，她只停留在预言书的入口，没有机会再继续往前走了。

"我收到你的回信了。谢谢。"

再次咀嚼回味这一行文字。我可以听到每一个音节都和自己的心跳同步。虽然用的是那么普通的语言，但是在安妮和我、我和你之间，那种温暖的晃动会漫延开来。就像是涟漪在湖面上画出纤细的图案。

我会把这一行文字，原封不动地寄给你。我收到你的回信了，毫无疑问，不管是虚构还是幻觉。请不要担心我。虽然不像你外甥女那样可爱，我身边也有为我读信的人。只要我开口，他们就会调转船桨，让小船转换方向靠向岸边。约瑟夫·康奈尔、罗贝尔·库特拉斯、歌剧院的魅影、巴黎圣母院的卡西莫多……即使看起来不亲切，也绝对不是心情差，他们只是有点害羞而已。在朗读的时候，为了不漏掉每一句话，我身体紧紧地依靠着他们。再加上湖畔的石头都会摇摇晃晃，坐起来不舒服，一不小心身体就会倾斜。每次他们都会温柔地支撑着我的肩膀。并且总是非常留意地，让光线能照射到紧闭着眼睑的我身上。

比如康奈尔，他的声音就像是把前世母亲的照片轻轻放在自己做好的木头小盒子里。或者是库特拉斯的声音，像被关在扑克牌那样大小的方块里的夜晚，不断落下又堆积。还有歌剧院魅影和卡西莫多，虽然他们的声音因为面具和歪嘴而含混不清，偶尔会很难听懂，我却也会因此反而更加留恋，甚至想多听他们说说。在令人难以置信的漫长时光里，他们独自乘坐小船漂浮在湖中，从湖面上升起冷冽的空气，使得他们的声音没有失去清澈。

我现在还在想，被撕碎的安妮的信和预言书后来怎么样了。碎纸片乘着吹过露台的风飞舞着，在眼睑的黑暗中，在"昼萤"的光芒中闪烁着。像是透过针孔的光线，被不断翻转的纸片反射，向四面八方散射开，由此形成的新颜色是那么美。如果你从中捞起一块碎片装饰在妈妈的手指上，那会比任何宝石都闪亮。你那因松树枝而失去的左眼也一定有着同样特殊的光芒。妈妈每次看到自己的手指，都会陷入一种和儿子对视的错觉。只要还有这光芒，无论是撕碎后四散吹落的信纸，还是很快就会洇开消失的文字，甚至是用无法理解的语言写的书信，我都能读懂。

如果你最初写给我的信是一个预言，那我不记得里面的内容也是理所当然的，我释然了。"未来"对我来说是最不可思议的存在。我不得不佩服最初把这个词放在字典上的人的勇气。假设未来"嘭"的一声出现在我眼前，我是把它抱起来好呢，还是抚摸它的背好呢，或者是用力把它踩破，让里面的东西四处飞散更好呢？我想应该会不知所措陷入混乱吧？这和沾满泥的引爆器滚到眼前一样诡异，让人不知如何是好。我是怎么也做不到使劲拉把手这样冷静的反应。用花边剪刀，模仿"邮票"上的昆虫做个玩偶。我能做到的仅此而已。

回信中我最怀念的是打字机那一段。时隔好久才再次想起你是打字机发烧友，与此同时，打字机按键的声音清晰地浮现出来。显然，为了对抗曾是铅笔派的我，你身边放着好几台打字机，即使写个短便条也要使用它们。那些魅力十足的按键声，对我来说就像是音乐。我喜欢听那个声音。

你走上二楼的工作室，坐在打字机前，那时你是否注意到，我把椅子移到了正下方的衣橱里，在那里钩毛线？一旦开始工作，你总是专注到可怕的程度，所以一定不会在意我在哪儿在做什么吧？但是我知道，整齐地挂着你的西装、只能勉强一人容身的衣橱，是家里最能清晰地听见打字机声音的地方。

工作室和衣橱，二楼和一楼，虽然离得那么远，但我只要听听声音，就能知道所有的事情，书稿是以怎样的状态进行着，你是兴致满满还是情绪低落的，打字机的色带还剩下多少。每一个铅字被敲打时的声音不同，打得稍快一点就会卡在一起的 O 和 P 键机械杆的小故障，总是稍微向右倾斜、像是要倒下去的 K 的形状，拉动回车杆时手的样子……所有这一切，我全都知道。

按键的声音是你行走在语言森林里的脚步声。时而轻盈，时而谨慎，但总是深思熟虑地用力地踩在森林中。伴随着那种声音，我手中的钩针上下翻飞。长针、长针、并针、长针。

引拔针、中长针、三卷长针。辫子针、辫子针、辫子针、三针长针的枣形针。打字机按键声和钩针的节奏完美调和，脚步声和心跳联动，紧密得仿佛找不到连接的缝隙。偶尔夹杂着通知换行时打字机的铃声和卷入新纸时滚筒滚动的声音，就像小鸟的鸣叫或野兔跑过去的气息，形成绝妙的韵律，让人百听不厌。

衣橱里充满了你的味道。你的西装遮住了视野，衬衫的袖口摩挲着我的脖子，每次从线团上拉出毛线，你的领带就会碰到我的胳膊肘，并且轻轻晃动。就像被困在你的眼球里一样。从门缝中漏进来的灯光基本不起作用，脚下被黑暗包围着，但是因为我很擅长编织，所以完全没问题。你不用担心我会织错。如果你想要的话，就算是现在闭上了眼睛，我也能给你织一件适合你肩宽的毛衣呢。

真正令我担心的不是编织的针脚，而是你。打字机不断地被敲响。你不断往前走着，森林是那么深，看不到尽头。你到底要走到哪里去呢？这个问题从黑暗中冒了出来。感觉一旦把这句话说出来，一切就都被打破了，不太清楚这一切意味着什么，总之就是拼命地闭上嘴。只把注意力集中在钩针和毛线上。

如果你回不来了怎么办？钩针不停地钩起毛线。一开始还胖胖的毛线球，不知什么时候慢慢瘪了下去。这时你的工作桌上也已经堆满了稿子吧？这是一篇一字未改的完美原稿。因为是那么慎重小心的你，所以打字机的色带应该还有富余。

语言森林是不是没有尽头？即使按键声不断地响起，也还没有到达它的边界吗？真是太神奇了。打字机的按键数量有限，又被困在几乎只有双手大小的打字机中，为什么能从那里出发，开启进入无限森林的旅程呢？

把它替换成铅笔的话，我就明白了。我最爱的铅笔是自由的。虽然只是一根纤细的棍子，但是只要好好地削尖，它就会像魔法杖一样，迅速把我送到森林的深处，送到那些我喜欢的地方。而打字机的狡猾之处在于，它不会留下能作为操作者证据的足迹。特别是像你这样十根手指能熟练操作均衡用力的人，总会把自己的存在隐藏在机器本身的特点中。不管我怎样紧盯地面在森林里徘徊，都找不到你的足迹。这和铅笔真实地反映在我手中的证据恰好相反。我一直都是被你看破的。

突然之间回神，编织物已经垂到我的膝盖上。我想我在不知不觉中编织了很长时间，拿起它就着微弱的灯光查看，编织物上浮现出了意想不到的花纹。那是在任何毛衣和围巾上都从未见过的花纹。似乎没有规则，看上去像花、动物或是数字的形状，但又并不真的像。有着漏针的破洞的同时又互相连接着，针脚缜密而又狂放。

我随手把它扔了出去。明明是按照编织图上的记号操作的，不知不觉却编织出了这样的图案，真叫人费解。又或者，这就是我的预言书吗？只要将某个预先设定的针脚一拉，密码就会顺利解开，甚至也许会出现预告我未来的文字。

钩针、编织物和毛线球在我脚下屏住呼吸。好像是在废矿山等你的引爆器。在这期间，你打字的声音也没有中断，它一直在响。

你关于花边剪刀的赌注似乎以失败告终。或者是赢了吗？无论如何，我都不会用花边剪刀把上眼睑剪掉的。如果真要剪掉的话，请把剪切线用你打字机的句号打出来。沿着容纳眼球的骨头边缘，在眼睑上打上连成平缓曲线的黑色圆点。至于用哪种机型哪种字体的句号合适，选择权就交给你吧。因为没有其他人能像你那样，擅长用句号画出剪切线。

如果要撕下眼睑的话，大概和撕开邮票时那种刺啦刺啦让人愉快的感觉又不一样吧。因为沾上了眼泪会湿乎乎的，而且邮票还有着要去未知远方旅行这样让人情绪高涨的期待，而眼睑撕下来就结束了。虽然刚撕下来的时候有浅浅的淡粉色，像双胞胎婴儿使用的被窝一样柔软，但那也只是一瞬间，它的样子马上就会变。变黑，变得没有弹性松松垮垮的，睫毛脱落，散发出令人恶心的味道。到了这个时候，已经没有人能想起它曾经是眼睑时的样子了。

又或者，你也可以在我舌根那里打上句号。因为舌头比较厚，所以句号的字号要大一倍才行。或者反过来想，用力地连续打上一串更小的点会让它更顺利地被剪切掉吗？

我的舌头是没用的，如果能用你的打字机把它剪切掉，可能更合我的本意。眼睑可以自己闭上，但舌头却没那么容易。反正对我来说，"害虫"那种复杂的单词我是不能发音的，更不用说理解由"害虫"说出的话了。那么干脆不要舌头吧，沉默寡言的话，欺骗效果会更好。因为自己笨拙的舌头而束手无策，这样的心酸，对于你这种连自己不懂的语言写成的书也能看很久的人来说，一定难以想象吧？

只有一件事我要请你关注。你肯定也注意到了，用来敲击句号的右手无名指的角度超过某个数值时，字母机械杆的部分会过分摩擦，发出令人心烦的杂音。我非常讨厌那个，对我来说，那就是硬松枝弹出的声音。

阅读用看不懂的语言写的书，会是什么样的感觉呢？怀着憧憬和尊敬的心情，我沉浸其中开始想象。没有尽头的阅读。这是多么神秘的字眼。

但是，担心还远没有结束。在无限的语言森林里，磁石也能顺利地发挥功能吗？手没有因为触碰毒草而肿起来吗？会不会呆立在夜晚深重的黑暗中，错以为失去了眼球而陷入混乱呢？各种令人担心的事情都冒了出来。如果能偷偷派人守护，我会稍微安心一点的……比如，一个像亨利·梭罗[1]这样的人。

湖上的居民里，没有谁比他更适合这个任务了。他穷尽一生，试图读懂用自然这门语言书写的、没有最终章的森林故事。所以如果他能成为你的守护天使，没有比这更令人安心的了。如果是他的话，他会以其他任何人都无法模仿的耐心，倾听"害虫"的无言。他也很擅长像水黾那样划船。其

---

[1] 亨利·梭罗（Henry Thoreau, 1817—1862），美国作家、哲学家、自然主义者。《瓦尔登湖》是他最负盛名的作品。

实我最开始被梭罗吸引，并不是因为他是森林的思想家，而是因为他是铅笔制造业家族的儿子。我是在偶然的机会下知道，他父亲是铅笔制造业的奠基人物。那时候我还是个少女，比安妮·弗兰克收到日记本礼物的年纪还要小。当然，那时我对亨利·梭罗所倡导的思想完全不了解，只留下了模糊的印象，觉得他是住在森林深处小屋里的孤零零的中年大叔。

　　尽管如此，梭罗那削尖的铅笔还是直接射穿了我的胸膛。不愧是铅笔制造业老板的儿子。笔芯尖尖的，泛着墨色的光。

　　只要是孩子，大抵都会梦想自己家是开玩具店，或是开点心店的。那时候我第一次发现，如果家里是开铅笔厂的，这个假设是多迷人。请你不妨想象一下：家的后面就是一家工厂，刚做好的还没有沾染上任何人手掌温度的铅笔被装入箱子，摆满整个院子。箱子有点沉，里面没有一丝空隙，搬动的时候，里面传来咔哒咔哒轻微的声音。刚被打造成六棱柱的铅笔，还淡淡地留着树木的痕迹，散发出森林的味道。把脸凑近闭上眼睛，甚至能感受到贯穿其中的铅的气息……

　　这些铅笔你想什么时候用就什么时候用。H，HB，2B，3B。无论哪种型号都随便选。反正都是从传送带对面像连绵不断的泉水一样涌出来的，完全不需要客气。即使抽走一两支，也不会被任何人说什么。我环顾后院，一边展示铅笔女王应有的威严，一边心满意足地微微颔首。

"辛苦了。"

它们顺从地排着队。没有一支是反向的或是从盒子里伸出来的。画圆圈，画直线，做笔记，涂色，写信。从单纯纤细的外形无法想象，它们拥有操纵白色空白的内在力量，现在还完全看不出来，它们只是静静等待着，等待被某个人握在手里的时刻。它们时刻准备着，无论什么时候被需要，都能随时展示隐藏在内芯的本性。

据说梭罗不用一支支细数，他只要从箱子里随手一抓，就可以取出正好一打十二支铅笔。这个传闻让少女的我感受到一种成年人的帅气，立刻就想亲自尝试。因为很难一下子搞到几十支新的铅笔，所以我只能把用短了的铅笔一点点地积攒起来，甚至到学校的焚烧炉去搜寻，把收集好的它们放在装过年轮蛋糕的空纸盒里。虽然不能和在梭罗铅笔工厂等着发货的成品相比，但还是很像那么回事。我像女王一样挺直脊背，闭上眼睛，把手伸进箱子里。长度参差不齐的铅笔们随意朝着各自的方向，有的戳到手，有的笔芯折断，手感很不好，我还不能一次就顺利地一把抓在手心里。即便如此，在闭着的眼睑后面，也还是映射出了完美排列的铅笔的身影，所以没觉得有什么可担心的。就是从那时开始，可以说我在无意识中明白了如何有效地运用眼睑背面。

好了，终于到了关键的时刻。一边默念着"一打，一打"，一边抓住时机握紧手心。然后夸张地同时打开手指和眼睑，开始数铅笔的数量。

不知为什么，我总是会多拿。手里大概总有十三支或十四支。很少有数量不够的情况，正好一打的情形则更少。我的手应该比梭罗小，但为什么总是会多拿呢？是因为我太贪心了么？也许这是梭罗为了测量贪心程度而编出来的测试。握着超出数量的铅笔，我忍不住这样想。

冷静的手，只凭指尖感受，每次都能准确抓出正好十二支笔。比人类制造的仪器更精准，能够读懂上帝给出的刻度。在黑暗的森林深处，只有拥有这双手的人才能对着被树木遮蔽的天空，向你指示北极星的所在。

多出来的那一两支铅笔，我得放回年轮蛋糕的盒子里。挑哪一支放回去呢？虽然选哪支都没关系，但是对我来说却是艰难的选择。像是抛弃并不怨恨的对象，或者要舍弃自己的一部分，这让我感到难受。一打中多出来的那些，会被放回到原来的地方。它们掉落下去，发出轻微的一声"哒"。盒子里有一种奇怪的气味，混合着树木、铅和黄油的味道。

最近，耳朵深处感觉有积水，并且隐隐约约有疼痛的预感，所以医生给我加了药。听说对于一直闭着眼睛的人来说，这似乎是常见的症状，不需要太担心。不过，感觉到自己身体里水的气息，也不是什么坏事。就像听到从小船船头拍向岸边的波浪声一样，反而感觉很舒服。

职业棒球联赛终于开幕了。最近每天晚上都在广播里听夜场转播。现在实在不该是说耳朵不舒服的时候。

"我的人生永远不会被棒球赛的结果主宰悲喜。"

你大概已经忘了什么时候说过这样的话，但我记得很清楚。虽然你这么说并不是要挖苦我，也不是以令人讨厌的语气，但现在老实讲的话，当时我还是挺受伤的。可以说是和被扔回年轮蛋糕盒子里的铅笔一样的心情吧。

当面临是否继续闭上眼睛的抉择时，不能看棒球比赛，成了让我无法下决心的重要因素。看上去让人误以为是献给大地的舞蹈般的双杀。像是在切割钻石的刀刃上滑动一样的外野回传球。先发投手走向投球点的鞋底痕迹。从沙包上扬起来的白色粉末。本垒打及其与翻转一切的戏剧性形成反差的优美抛物线。看不到这些，对我来说等于放弃了人生快乐的一部分。

不过，和大部分的事情一样，不能看棒球的问题也没有让我那么沮丧。是的，有收音机就够了。而且听广播时注意力很集中，比在球场边吃便当边悠闲地观看比赛更有临场感，甚至还能体会到棒球化身为为我特别定制的运动所带来的那种新鲜的喜悦感。

收音机就放在床头我的耳边。也许因为是老式的，所以有杂音，但这也是包围球场的喧闹声的一部分，我一点也不在意。在眼睑后的黑暗中，球和球棒的白色更加明显。实况转播的声音充满激情，助威曲节奏轻快，起到了增强比赛紧张感的重要作用。

夜空广阔深奥，仿佛无论打出多么高的球，它都能接住。在那夜空中，有九个点组成了星座。每打出一个球，星座都会微妙地改变形状，在黑暗中留下美丽的轨迹。偶尔，当白光穿透其间，九颗星会同时闪耀，联合在一起画出新的图形后，又再回到原来的站位。我的耳朵不会错过任何划过夜空的声音。包围球场的观众们的呐喊声，是拍向湖边的波涛、钉鞋踢起的尘土，是从桨上滴落的水滴。发出白光的瞬间，那个声音穿透湖面，在水中央闪闪发光，清澈至极。

一谈到棒球，就不知不觉沉迷其中，顾不得你会感到无聊。我必须说说你给我拍的照片。嗯，我当然明白。那是你从还有眼神的我身上，只截取光而拍成的肖像。现在是时候告诉你我真实的样子了。

可是怎么会这样了呢？起风了。一局结束之后，虽然避免了因下雨而停赛的状况，但就像是故意捣乱似的，球场正上方卷起漩涡的风越来越大。外野的草坪被风吹得乱七八糟，旗帜缠绕在旗杆上，从沙包上扬起的粉末，很快消失在半空中。

你能听到我的声音吗？我应该朝着哪个方向喊出声音呢？一片漆黑，我不知道。梭罗的手指指向了哪里？高高地打出了界外高飞球。三垒手、游击手和捕手都追了上去。星座改变了形状。为了接住被风吹得摇摇摆摆的球，他们举着手套的样子也很不安。球还没有掉下来。一直被风托着。每个人都在仰望黑暗。

对不起。请原谅我。

在看不到北极星的，温暖的夜晚

收到你的回信刚读完开头第一句时，还以为我们的通信就要这样结束了。夸张地说，我被令人窒息的绝望击中了。"我写这封信是为了跟你道别"，这是引用自安妮·弗兰克日记中的内容吧？想到她所遭受的厄运，我意识到或许对她来说，写作这件事情就是会不断地上演离别的场景。总之，谢谢你的回信。

不过我真没想到，当我在写字台前时，你会把自己关进楼下的衣橱里。在那个长方体的内部，声音既不闷也不浑浊。声音共鸣后通过木箱的振动向外扩散，同时又从小钥匙孔中干净利落地逃逸。因为它是由一位与我颇有交情的木工师傅拿通常用来制作小提琴和钢琴共鸣板的特殊云杉木制成的。听说这种木材只生长在海拔一千米左右的山区，高大的树木精心切割后，经过多年干燥才可用于乐器。这位木匠的家族从砍伐阶段就参与这项工作，已经延绵了好几代，他看木材的眼光，与挑选手工建造古老木建筑的栋和梁是一样的。

　　不是所有生长在同一区域的树都有着同样质地。根据日照条件的不同，会产生微妙的特性上的差异。工匠们识别这些特性，从树木还直立生长的时候就开始估算，侧板用这个，顶板和底板用这个，背板用那个。用不同特性的木材相互抵消曲翘，以确保完美的水平和垂直度，就能得到和名师的乐器一样的性能。挂在里面的衬衫、长裤和外套在这种情况下起到了吸音材料的作用，再加上你的身体，一定会产生更显著的效果。

　　而且，你不仅把自己关在里面，还在那里编织。配合声音的变化驱动钩针。当知道这个之后，我终于恍然大悟。之前在敲击打字机按键时，我总是感到一种无法解释的不安。所谓无依无靠心里没底，说的就是那样的状态吧。文字越是不断地冒出来，周围的黑暗就越深。体温下降，指尖也不听使唤。脑海中已形成字句，手却无法顺利把它们搬运到纸上。

这样下去，文字一定会在我身体里饱和，并以错误的方式涌出。这样的恐惧在我身上发生了好几次，我想不出自己是因为什么而撑过去的。原来把被抛进失重空间的人牵扯回来，配合打字机的节奏，帮我调整了呼吸的，是你的力量啊。

仔细想想，打字机的机械杆很像用来编织的钩针。一家针织机公司会生产打字机，正是因为两者之间的这一共通性吧。打字机的敲击声与编织的节奏相吻合，使钩针能在黑暗中准确移动，从某种意义上说，这也是很自然的。你也注意到了，我最常用机型的右手控制范围内，O 和 P 这两个键有轻微的杂音。尽管如此，你还是能驱动钩针，几乎没有时间差地把听到的音打回给我。衣橱是一件乐器，同时也是用毛线救生索连接起来，飘浮在虚空中文字的母船。这样想来，那首希望你终有一天会读到而一直在写的长篇叙事诗，是我们在无意识状态下共同完成的作品。这不是能一起逃生的方舟，而是各自必须忍受孤独的母船和登陆艇。它们之所以在宇宙空间里没有被夺走呼吸而幸存下来，是因为有编织线这根救生索。

即使不是宇宙而是森林，情况也不会改变。按键发出的声音先于意义存在。形成语言之前先有表音的文字，在文字产生前更是先有声音。如果不跟随那个声音穿过森林，就不能到达你的湖泊。如果有像亨利·戴维·梭罗这样的向导，的确会让人安心吧。即便打字机坏了，他也能借助自己改良过的铅笔来度过紧急时刻。

说到这，就像你心爱的安妮·弗兰克所示范的那样，给自己的信写回信这种行为有多恐怖，这种感觉会在她本人从世界消失后逐渐加深。不知道安妮藏身的王子运河街263号连接办公室和"后屋"的旋转式书架是用什么木材制成的，但我肯定它不是能发出美妙声音的共鸣板。那扇门是用来消减声音的装置。她的声音是为了经过长久沉默后释放而被封锁的。也许我梦见的不是一本带锁的日记，而是像被摆在那个架子上作为伪装的办公文件所记载的、储存于危险水域的文字。

*

几天前，我在晾晒从遥远异国经由海路延迟了几个月或几年才运到的潮湿旧报纸时，看到一篇报道。目前驻守在国际空间站上的俄罗斯宇航员根纳季·帕达尔卡在五次任务中总共在太空停留了八百七十九天，大幅刷新了谢尔盖·克里卡列夫所保持的八百零三天的纪录，时间是二〇一五年的九月。帕达尔卡的成就非常了不起。但引起我注意的是被打破纪录的克里卡列夫。

这是个非常令人怀念的名字。我记得当时给你的信中写过这件事，不知道有没有记错。克里卡列夫第二次执行空间站任务是在一九九一年的春天。那年五月十九日，他作为联盟号 TM－12 飞船乘组的一员，出发前往"和平号空间站"。一个叫海伦·沙曼的年轻英国女性也在飞船上。我是从收音机里听到这个新闻的，沙曼的名字被念成"沙尔曼"，我当时还开玩笑地想，既然是一个女性的名字，那应该用"沙尔曼特"[1] 才对吧。但后来读报纸，发现她的拼写是 Sharman。如果是 Shaman，就成了萨满巫师了吧。

克里卡列夫、沙曼和他们的队长阿纳托利·阿尔茨巴斯基安全进入宇宙空间，在"和平号"上进行了一系列的实验。沙曼在一周后返回地球。其他二人预计在大约三个月后返回。但太空计划突然被重新规划，下一批飞船人员的出发时间无法确定，因此直到一九九二年三月二十五日，他们一直居住

---

1 指法语形容词 charmante（阴性），该词阳性去掉结尾 e 且 t 不发音，意为"有魅力的、迷人的"。

在"和平号"上。我在一份郊区巴士站前小卖部买的油墨味很浓的晚报上看到这条消息。因为堵车而缓慢移动的巴士窗外，有一片没有声音也没有光线的漆黑墓地，与前后道路上橙色相连的车灯形成了可怕的对比。每天傍晚都见惯了的沿途景象，在读了那篇报道后完全改变了，车灯关闭的满员巴士变幻为孤独的宇宙飞船。如果我不小心下了车就再也回不去了。那种被恐惧击中的感觉，到现在我还清楚地记得。

而在那前一年八月，苏联发生了政变。这就是"联盟号"的飞行计划被改变的原因。一个巨大的国家正在被撼动。世界地图可能会被一举改写。媒体的目光都集中在这个欧亚大陆国家，我也用收音机和报纸紧张地追踪着当时的首脑被软禁数日的动向。但正如我们所知道的，政变虽以失败告终，但那个巨大的国家就此分崩离析。此时，没有人关注飘浮在平流层外面的飞船。在政变发生的三个月前，克里卡列夫与船长阿尔茨巴斯基一起作为苏联宇航员起飞，他们在一个没有国境、不属于任何国家的地方，见证了祖国的消亡。

克里卡列夫的家乡列宁格勒被改名为圣彼得堡。浦岛太郎和鲁滨孙的故事里虽然也出现了大海，但他们在故事里都还是脚能着地的。而克里卡列夫和他的朋友们却一直飘浮在离地面四百公里的虚空中。这是史无前例的事，相当于一封写给自己的信因为收件人不详而被退回。在一个没有上下，重力只属于虚构的世界里，没有行动的参考轴。在那里文字的重量也会消失吗？或者正因为是没有"重力"的世界，"重量"反而会增加？

过去有好多次，我无法从你寄来的信里感觉到重量。虽然文字的字里行间充满了你的味道和温暖，但不知为什么信本身没有重量。只要你还在地球上，失去重力这种奇迹是连在空中翱翔的鸟都无法实现的。鸟儿只是挣脱地心引力飞行。它们拥抱着风，迎着风飞翔。并不是打破重力概念纯粹地飘浮着。但你的信，你的文字，不知为何好像冰凉地飘浮在我面前。是的，就像一个从来不知道重力而长大的天使。我是否真的听到了你的声音？我不知道我是否只是做了一个看起来很真实的全息投影，以掩盖这样一个事实：我曾经和你在一起的地方不知何时已经被纳入另一个国家另一个城镇，而我们将永远无法再次回到那里。

为了捕捉来自宇宙的通讯信号，需要巨大的抛物面天线。如果我们有高度精确的耳朵来代替这种天线，生活会变得多丰富啊！不是为了在街上吵闹的地方听别人说话，也不是用来监听。我只希望尽可能准确地捕捉自己内心细微的话音、声响和通过骨头传来的微弱震颤。忘了什么时候，我们曾经谈论过漂流瓶吧？就像漂到海边的椰子一样，记载着不知哪个朝代文字的绿色瓶子，慢悠悠地漂流到遥远国家的海岸。在风平浪静的日子里一动不动，在暴风雨的日子里忍受着巨浪的破坏力，既不畏惧烈日，也不畏惧严寒。我说想知道是否有办法追踪它们的足迹，但你笑着说，就是像这样无法追踪它们在哪儿才好啊。被鲸鱼吞了怎么办？被油轮的螺旋桨卷进去怎么办？穿过所有这些担心和苦难的文字具有抵抗重力的力量，既然能平安寄到，就说明文字一定正正经经地显现出来了。只要知道投放的场所日期、收到的场所日期，再加上发送者和接收者的名字就足够了，中间发生的事情，可以在各自的脑海中补全。

我们的这番书信来往，或许也是超越时空的漂流瓶奇迹的一个例子。难道不是吗？你心中的湖泊没有潮汐涌动。除非你的瓶子有特殊的力量，否则它只能漂浮在平静的湖面上，等待着风的到来。它到达你居住的岸边的概率，可能比把各种信息装在钛容器里的行星探测卫星到达地球外生物的概率还要低。不要误解，我不是说你是一个外星人。我只对文字能够传达这份原始的奇迹感到很震撼。安妮·弗兰克是个有勇气不断把装着信的瓶子（也许是写作用的墨水瓶）扔进心中湖泊里的人。我做不到这一点。我也不愿去想，如果捡到了我自己扔的瓶子，那是种多么空虚的自我完成行为。我们并不只是为了安慰自己而在写没有人看的文字。那些放进瓶子里的文字，在被捡到之前其实已经被时间读过了。我们把被时间读过一遍的文字和语言，当作崭新的东西来接受。

*

对了，你耳朵深处积水的症状是否有所缓解？我很担心，因为你说会有疼痛的感觉。如果只是有海浪声还好，但如果你开始感到耳压大于疼痛，请去找信得过的医生看看吧。如果你想去参与"昼萤事件"的那位医生那里，我马上给你写一封介绍信。那位医生不用X光或CT，只靠触诊和听诊来寻找疼痛的根源，所以不会给你身体带来什么负担。

医生年轻时还曾在几百米深的清澈淡水湖中做过自由潜水，所以他对内耳异常和器官故障有自己独特的疗法。就在这儿说说，一九九一年本该在克里卡列夫之后被派往"和平号"的那几位宇航员候选人，在模拟太空环境的训练池里受训时健康出了问题，也是在那位医生的诊所进行康复训练的。试图呼吸时肺部被挤压，气管无法打开，耳膜变得像铝箔，声音听起来成了金属质地，或从耳道溢出油性液滴，都是人身处深海之后会出现的症状。历史上第一个自由潜水到一百米深处的人雅克·马约尔说过，人在高水压的深海中，一旦超过某个阈值，就能像鲸鱼和海豚一样，将血液集中到大脑、心脏和肺等维持生命的重要器官。这被称为血液转移现象，医生说他经历了好几次。

没有重量的语言，在一个重力概念只是虚构的空间里使用的语言，和像这样把全身血液集中到必要部位并承受强大水压的语言，该选择哪一种？来寻求医生帮助的宇航员们都陷入了发音困难的状态。他们表示，在开口说话的瞬间，声音被外部压力给压垮，形成一个沉默的球。这使得他们无法与地球沟通。只要症状不缓解，就不可能执行任务。事实上，当我在工作室里敲打打字机的时候，困扰我的也是和他们相同的症状。当被黑暗包围，被夺走了呼吸，四肢麻痹，处于缺氧状态时，你能做什么？最后我意识到，我必须依靠声音而不是文字。如果不可能一个一个地吐出有意义的文字，我想我可以把它们拆散，发出零散的音节。

也就是说，我在无意中用打字机的按键向共鸣板制成的衣橱里的你发送摩尔斯电码。QWERTY 排列的键盘最初就是设计给摩尔斯电码通讯员用的，所以把打字机的声音转换成电报声是有道理的。你一定会说，你坏毛病又来了。在上一封信中，我说了关于唐纳德·埃文斯的邮票周围那些裁切用的小圆点的事吧？如果有机会，我想在你的眼睑上用特制型号的打字机打上圆点连成的线，在黑暗中面对着你把它轻轻撕掉，然后再缝上遮光性更好的完美眼睑。但我们还是不要谈这种让人头晕的事了。当提到最喜欢的打字机时，我列举了几个制造商，但事实上，有一个故意漏掉的。那是德国缝纫机制造商 Seidel & Naumann 生产的艾丽卡（Erika）品牌的 5TAB，是一九四一年的型号。左右分布的五个大小不同的键中，只有标有 TAB 的键是朱红色的，这在键盘上形成了一种难以形容的色彩节奏。我入手这台打字机的时间，正好是克里卡列夫在外太空失去了苏联国籍，也不知道是否能获得一个新公民身份的那十个月期间。那时我在地球上的一个古董市场上买到了它。它装在一个干净的箱子里，保存完好，还配有保养用的刷子。因为适用的是德语，当然是 QWERTZ 布局，所以用起来不太顺手。但是我一边想着握着一把沙子去世的某个年轻诗人，一边在白纸上打出了一首罗马字日记那样的史诗。我想我以后可以慢慢破译它，把它转换成表意文字。

你说："我不会问你在写什么，在创造什么样的故事。你应该也觉得这样比较好吧，你自己都不知道语言是从哪里来的。"真是的，什么都被你看穿了。但我也希望你能问我在写什么。只要简单的一两句话，就会成为把我那陷入僵局的思绪向前推进一步的力量。

当我对着打字机盲打，有时绝望会袭来，我就去看你依照自我意志遮蔽掉的窗外景象。我望着透过树丛照在湖面上的夕阳，想象着看不见的小船滑行而不掀起波浪的样子，不管是重还是轻，我梦想着如果能够创造出像这样轻巧滑行的文字该有多好。像现在这样下去，我就要沉入水底了。心脏就要在真空的黑暗中被压碎了。那么至少让我在声音变成文字之前将它们准确传递出去吧。有一天，我会把完成的叙事诗装进瓶子里，绑上沉重的石头沉入湖底。我会有这样愚蠢的想法，也许是因为我在码头的咖啡馆里听到那个沉睡在湖底的古老村庄的故事。把所有的记忆都像兴建水库时成为牺牲品的村庄一样封印起来是不可能的。因为记忆的粒子比中微子还小，可以穿透所有的障碍。

虽然也不是没有后悔过，要是用铅笔把永远也完不成的创作的一部分写下来就好了，但这也是无可奈何。我把艾丽卡打字机调校得很完美，它可以均匀地敲击每一个键，但因为左手的无名指受伤，有几个星期我无法正常敲击 QWE 周围的键。当声音出现偏差，文字的质地也会损坏。我就会很焦躁地想你，眺望风景，检查打了一半的文字。在重复这些的过程中我突然意识到，我不是在打摩尔斯电码，而是在接收它。耳朵深处一直听得见微弱的响动。起初我以为那是机械音的回声，或者是由于太过专注而产生的幻听，但毫无疑问这是信号，我其实只是把它转录成文字。从所有的信号中过滤出身体想要的，这不正是写作这项工作吗？天使飘浮在连浮力概念都不存在的空间里，如果那个信号能将它的话语传达给我，那么我今后也一定能继续写下去吧。是艾丽卡给了我这样的信心。

我必须再补充一点。安妮的父亲奥托·弗兰克在将女儿用荷兰语写的日记誊写成德语时用的也是这个型号。有一天，随手翻开图书馆的安妮·弗兰克展览目录，我发现了这台打字机的精美彩色照片，这让我惊讶地屏住了呼吸。朱红色的

TAB，用来打大写字母的黑色切换键，以及色带装载处的S&N标志。它和我在你衣橱上方的房间里使用的型号是一样的。弗兰克一家搬进"后屋"是在一九四二年七月吧。奥托是什么时候有了这个的？他是刚上市就买的，还是战后在他作为"后屋"被逮捕的八个人中唯一的幸存者回到阿姆斯特丹之后？照片显示它的状态是那么干净漂亮，所以我推测它不是二手货而是全新的。但这种琐碎的细节现在已经无法查证了。不管怎么说，在不能发出声音的秘密住所使用打字机是不可能的，所以即使在那之前买了并保管在办公室里，那几年里它也是处于休眠状态吧。

《安妮日记》最早出版的是荷兰语版，然后是法语版、德语版。我听说奥托整理原稿并用德语出版是为了让自己的母亲能够阅读。所以，世界上的第一个译本应该是她父亲的私人德语翻译。他在多年后听到了已不在世的女儿的声音，并解读了她写的文本。然而我觉得他听到的声音不仅仅是安妮一个人的。我想那包含了众多非特定者的声音吧，就和在地球上失去立足之所的苏联宇航员脑海里回响的一样。

克里卡列夫他们在不存在"立足"概念的空间里，依旧试图构建心灵的"立足"之地。他们虚设了上和下，而成为轴的，是黑暗中意外飘浮在附近的地球。对奥托来说，安妮的日记难道不就像那无法马上返回的隐藏着地球重力的母船吗？当年救出日记的女性，因为打算在当事人回来后把日记交还，所以没有读过其中任何一行内容。在这种情况下，可以说她承担的是扔出漂流瓶的作用。是奥托分析了交付的信件并赋予其意义，此时发出恸哭的摩尔斯电码的是5TAB。在写草稿和笔记的时候也用了铅笔吧？那里可能会刻着奥佩克塔商行的名字，而不是森林代言人约翰·梭罗公司[1]的标志。

　　独自一人被抛到语言尚未拥有意义之前的黑暗中，真的很恐怖。我当时还不理解，对想写点什么东西的人来说，这是唯一的路径。在至今为止不断叠加的宇宙探索历史中，没有发生过进行舱外活动的宇航员消失在虚空的例子。曾有宇航员背着特殊移动装置进行了没有救生索的太空漫游，但完全被放出飞船的只有电影中的人物。你在衣橱里弯下身子，没有看国际象棋的棋谱，而是动手编织，这只能说是奇迹。如果没有编织线这条救生索和你发出的信号，我将完全迷失地球方位，即使能够找到它并试图返回，恐怕也无法重新进

1　指第三封信中提到的由亨利·梭罗的父亲约翰·梭罗于 1820 年代创立的铅笔厂 J. Thoreau & Co.。

入大气层，将遭受与斯普特尼克2号搭载的雌犬一样的命运。

＊

　　用有水声的耳朵，通过收音机直播欣赏你最喜欢的棒球比赛。对你来说，欢乐的季节已经开始了，不是吗？但是，"我的人生永远不会被棒球赛的结果主宰悲喜"。我说过这样装模作样的台词吗？哦，好像确实说过。在棒球比赛回合和回合之间的真空时间带。和你一起看了几次夜场比赛，每次都让你觉得我很蠢。相比你惊讶于比赛的敏捷性，我惊讶于那个单手接住高速界外球的球童的运动神经，惊讶于裁判员给投手喂球时的快球速度，惊讶于外野手控球的华丽，惊讶于带着刷子开出来整理球场的清扫车的动线之美。比起胜负，我更中意在攻守交替时包围整个球场的松弛气氛，这些感受，要怎么对冷眼旁观的你坦白呢？我不好意思老实说出比起比赛结果，我更喜欢球场上发生的花边小事，所以才故意装腔作势说那种话吧。

　　听广播也能通过声音来追踪攻守交替的情况。仅通过声音来收听体育赛事战况可能更正确。记得以前我还没有电视机的时候，跟朋友借过一个只能接收几个台的FM收音机，我用它追踪体操团体赛。但那不是广播，只是接收电视转播的声音。没有连篇累牍的解说来填补寂静。起跳和落地的脚步声，握住鞍座的声音，吊环沙沙作响的声音。所有技术的形态完全靠想象。自由操和单杠上的月面空翻、新月面空翻技巧，都以月球表面引力为前提，所以不会有跳得很远的危险，这与太空舱外活动时的状态不同。与此相反，因为跳马时没有时间测重力，所以会感受到巨大的裂痕。好，起跳。决定性的一瞬。完美的落地。整个表演持续不到十秒。而其中百分之八十以上的时间是用来助跑。跑，跳！踩踏跳板时坚硬且具有破坏性的声音，和落地时沉闷的保护垫声音相融合。用收音机听相扑直播的时候也会沉浸在同样的世界里。

这么说来，棒球场上只有一个地方，即便我们在追逐不同的目标，也会同时凝视。在平坦的石臼底部正中，有一个地方聚集了世间所有的光而闪耀。那是被称为投手丘的小土包。那里就像相扑竞技场一样，即使在比赛热火朝天时，也只有那里是举行神圣仪式的特别空间。埋在那里的板子带有神圣性，发出超越时空的白光。就像刻着未知文字的巨大石碑，像罗塞塔石一样。不想让任何人站在那里，不想弄脏它。

不知道是否会有那么一天，我们能再一起去看棒球比赛。

即使你闭着眼睛，也会比听收音机更愉快。我不会再东张西望，也不会再插嘴。因为你仅凭声音就能知道球在哪里、谁站在哪儿。让我也来重视比赛结果吧。比赛结束后，在黑暗中牵着你的手，领着你慢慢走到投手丘上。在那里，听着落入臼底的声音，把球场变成抛物面天线，向漂浮在王子运河街263号门前运河上那艘不动的船上的通讯员发送信号。我希望能不要用编织线，而是用真正的钢丝绳把对面和这头连接起来。

在雨过天晴的夕阳里

　　没能实现做母亲愿望的我，完全没想到能做你的母船，即使只是暂时的。因为太惊讶了，我让看护反复读了信中的那一段。我忠实的朗读者没有抱怨"还要再读？"，只是反复地朗读那同一段话。声音和文字平衡得仿佛没有缝隙，像是几百年来口口相传的诗的片段凝练成的那种声音。这是一封令人高兴的信。谢谢！

　　"这不是能一起逃生的方舟，而是各自必须忍受孤独的母船和登陆艇。"

　　我反复咀嚼回味这一行。如果从我指尖延伸出来的毛线拉住了无重力飘浮的你，并输送必需的氧气，那把衣橱和工作室连接起来的就是脐带。而且我像是在乐器内部这特等席上，倾听着你演奏的叙事诗。

我突然想起一件事，忘了是什么时候了，有个相识的小提琴工匠告诉我，小提琴内部的空洞里立着一片被称为"魂柱"[1] 的木片，他还让我透过面板上 f 形的孔洞看琴里面的结构。这个应该对音色有重要影响的木片，与听起来过于夸张的名字相反，完全没什么吸引眼球的特征，静静地隐藏在琴身昏暗处。

或许，衣橱里的我就是魂柱。与弦和弓不同，虽然任何人表面都看不到它，但它却在背后默默地发挥着不可或缺的作用。就像祈祷登陆艇平安的母船一样……

是不是有点太厚脸皮了？即使你觉得有点愚蠢，也请不要笑我。喜悦和悲伤之间没有明显的隔断。就像在衣橱里的编织时间是那么特别的时刻，我也清楚地知道，它预言了现在我们之间的关系。我们绝不可能坐上同一条船。那些在紧闭的眼睑湖上漂浮着的小船，都是仅限一个人乘坐的。

---

[1] 此处的"魂柱"与第一封信中的"昆虫"日语发音相同，写作罗马字均为"konchyuu"，卷末作者对话中会提到这种关联。

当你提起苏联宇航员的话题时，我恍然大悟，为什么会选择湖泊作为与你重逢的地点，这理由完全被你识破了。我们第一次交谈的地方，宇宙射线研究所圆柱形水槽的水面。当然那是储存了五万吨超纯水的用于观测中微子的人工装置，但如果宇宙的黑暗中真的有一个湖，那一定就是这个样子的。下定决心永远闭上双眼的我，为了写信寄给你拼命地在眼睑背面寻找水的气息，果然是因为受到那最初相遇场景的影响。

位于 K 町的宇宙基本粒子观测站举办面向普通人的参观会，是在发生了一次重大破损事故后，重新恢复前的试运行期间。大概是想通过看到水槽内部这样难得的机会，给对宇宙感兴趣的人一点帮助吧。虽说是参观会，一共也只开放了几天时间，且规模很小，每天限定十二个人。希望来参观的人意外地很多，最后只能用抽签的方式，和我一起报名的职场前辈们都落选了。对不起，对中微子一无所知、只看到附近有个温泉的我，就这么被抽中了。

成为幸运儿的我们，当天在旧矿山的坑道入口集合，乘坐电动小型巴士前往中微子观测装置。即使我们的眼睛看不见，宇宙中也会有无数的基本粒子、中微子倾泻而下，彼此不产生相互作用，却能穿透所有的物体。它们只有很小的几率会与水发生反应，发出苍白的切伦科夫光。这项研究的目的，就是通过观测它来接近中微子的真面目，并进一步探索宇宙之谜。为了提高原本极其罕见的反应概率，需要大量的水做标的物，并且为了防止不必要的反应干扰到观测，利用旧矿山将这套装置设在了地下深处。车子在坑道上行驶的时候，工作人员一直在把这些内容用新鲜易懂的方式逐一对我们说明，直到那个时候我的兴趣才终于开始高涨。

现在回想起来，其实那时候你就坐在我的旁边。但我满脑子都在想象那个闪着苍白光芒的巨大湖泊，无暇注意到邻座是什么样的人。而且所有人都戴着一样的白色头盔，即使转过头看其他幸运儿，映入眼帘的也只是一堆不成比例的大脑袋。

我只注意到了一件要紧的事情。应该是限定十二个人的，但现场一共有十四个人。为了慎重起见，我又重新数了一下。跳开穿着工作服的研究所工作人员，顺着白色头盔一个两个地数下去，果然是十四。虽然我也并不觉得这会产生什么问题，但不知道为什么，我对这个人数的细节有点在意。

矿井采矿时用的铁轨、台车、升降机和缠绕的电线等还残留在这里。岩壁被削掉的痕迹就这样裸露出来，到处都是空荡荡的平台，关着窗户也不停地听到地下水流动的声音。坑道出乎意料地长，复杂地与岔道交叉，一直向未知的深处延伸，而巴士并没有要停下来的迹象。在那整个过程里，你一直无声无息安静地坐着。

虽说有心理准备，但观测装置仍远远超过了想象中的大小。形状确实是单纯的圆柱形，但大到无法收入一个人的视野。以至于我那时觉得这是自己至今看到过的最大的物体。用于观测构成物质的最小粒子的装置，为什么会朝着与其研究对象尺寸相反的方向变得如此巨大呢？对我来说这至今仍是未解之谜。

穿过周围各种错综复杂的机器，我们终于到达了一个为了修理而打开圆顶状盖子的水槽边缘。接下来，尽管知道没必要害怕，但大家还是异常小心地探头张望注满纯水的内部。后来，我们曾经反复提起那个瞬间。就像是结伴去远方旅行一样的体验。清澈的蓝色水球体，就是飘浮在我们脚下的一颗行星。

我们十四个人真正的幸运之处，集中表现为我们是可以乘坐小船下到水面的一群人。全体人员先将救生索系在腰带上，乘坐小船降落到作为基地的水面浮岛。发泡塑料板制成的浮岛摇摇晃晃的，实在叫人不放心。从那里出发，我们组成两人一组，乘坐橙色的小船划向水面。没有事先指定好如何配对成组。互相交换一个眼神，就自然地做了决定。和你分到同乘一条小船，真的纯属偶然。

自始至终大家都没有说话。很明显这不是适合聊天的地方，谁都不想因为自己的声音而让行星上的水变浑浊。最初传来的感觉是冷。不经意间，一种只有从未接触过人手的物体才会散发的独有的寒冷，从小船底部钻出来把我们包围住。就是这个原因吧，尽管那里地方开阔，一回神却发现自己已经把身体缩成一小团，并且屏住了呼吸。我只感觉头上的安全帽是那么重。

靠近水面看，水的蓝色会更加透明，仿佛能吸到眼睛里。水本身应该没有颜色，那到底是从哪里反射的蓝色呢？即使是科学白痴如我，脑子里也会明白这是水槽底部的颜色，但我感觉那是来自更遥远的地方，在蓝色被命名为蓝色之前的一种色调。

划桨的人是你。我很快就意识到你是个善于划船的人。虽然这不是要匆忙赶往目的地的旅行，只是漂浮在水面就行，但还是要注意不能和其他船靠得太近，以免被撞到船舷，所以你时不时地调整桨的角度，移动到水面的其他地方。其实我想看着你的眼睛表达谢意。但是怎么也做不到。不是因为我害羞，而是因为过大的安全帽遮住了你的眼睛。

不想浪费一丁点幸运的机会，我不断把视线落在水面上，抬头看天花板，或是环视四周，凝视每个角落。为了不让你感觉我的在意，我刻意地不正面对着你，只是努力地竖起耳朵，听那船桨时不时在水面上发出的细微声音。我想，你一定没有注意到这些吧？

我们周围被光电子倍增管散发的金色光辉三百六十度团团包围。水的蓝色和它的金色，在这地底的行星支配着一切。在来的车上就听到介绍说，为了把微小的切伦科夫光提高到可以检测的水平，在这里全面设置了一万多根直径五十厘米的玻璃管。但实际看到时，还是大大超乎想象。每根管子都有一人环抱那么粗，互相不允许有一点点缝隙，以近乎变态的规则整齐排列着。像是不知疲倦的造物主创造的细胞那样。

我们在那里漂浮了多长时间，我已经记不清了。似乎只有十分钟左右，或者说直到现在我们还在那里，我觉得甚至这样说也没错。"我们第一次交谈的地方，宇宙射线研究所圆柱形水槽的水面"，刚才我是这样写的，但严格来说，这不是正确的描述。我们俩只是一直沉默着。从船桨上滴落的水滴和反射在我瞳孔中的玻璃管的光辉，只是在我们俩之间交汇。但那是人在还不懂语言时就有的，比语言更亲密的默契。是即使语言消亡也能存续下去的默契。

现在我终于明白了。为什么幸运儿不是十二个而是十四个。这和我想要抓出一打铅笔，却总是拿到太多支是一样的。我们应该就是该被放回年轮蛋糕空盒子里的那两支。是被选中的人中进一步被选中的、最特别的那两个人。

那一刻我们的状态，似乎预言了之后两个人的一切。象征、暗示、记号、气氛、预告……从过去到现在的全部时间，以各种形式被凝缩，漂浮在水面上。唯一无可救药的不同是，在观测装置的水槽里的小船是两个人共同乘坐的。

不知道当年相遇时曾穿越过我们的中微子，现在，在宇宙的何处飞行呢。

返程的巴士上，我们的座位也是相邻的，这是顺着下船后人流的自然走向，不是我刻意想要的结果。和去的时候相比，巴士里气氛轻松了很多。原本互不相识的人们，开始小声地谈论刚才那段沉默的时间。但你依然沉默不语，只是把手肘撑在窗框上托着脸颊。

突然，你拍了拍我的肩膀，指向窗外，那是与大型工程车擦肩而过，巴士临时停下来的时候。你拍我的方式很绅士，所以我也爽快地朝着你指的岔道前方看去。这大概是封山以来没有使用过的岔道吧。那里一片漆黑。不，只这样描述是远远不够的。那感觉像是宇宙诞生之前的黑暗全都被留在了那里。而就在与你的指尖笔直相连的遥远前方，一个光点孤零零地浮现出来。轮廓清晰，没有颜色和形状，不需要任何词汇形容的光点。当然，我知道这明显是矿山的某个出口，但这种理解对我来说没有任何意义。我陷入有生以来第一次看到光的错觉中，视线不受控制地在黑暗中的光点和你的眼睛之间来回移动。不知何时，安全帽的边缘向上抬起，你的眼睛就在我眼前。

没有其他人注意到那条黑暗的岔道。不一会儿，工程车开过去，巴士又再次开动。虽然黑暗渐行渐远，但你眼中映出的光点却一直没有消失，照耀着你瞳孔中的某个点。那就是，我和你的初次相遇。

谢谢你要介绍参与"昼萤事件"的医生给我，没有比这更令人开心的关怀了。这是你独有的方式，其他任何人都无法做到，让我感到特别安慰。

不过得知医生是个自由潜水专家，还是让我大吃一惊。如果深潜于水底等于关闭"生"，也许更要请你帮我给医生写封介绍信了。我的病为什么会和水有关，正如我刚才在信里写的那样，我们初次相遇的地方已经暗示了一切。就这样啊，我是一点点缓慢沉入水底的，活在临时的死亡中。原来是这样，我完全懂了。

苏联宇航员们在受训时用的游泳池是什么样子的呢？我尝试着反复想象，眼前却只能浮现出和基本粒子观测装置一样的场景。而我现在缓缓下沉的，也正是宇宙中的湖泊。如果中微子与渗入我耳朵的水产生反应，发出苍白的光——我还是不思悔改地做着昆虫的梦。研究所的人解释说，即使使用再多的光电子倍增管，切伦科夫光也不能用肉眼观测到，说到底，它只是显示器上的数据现象。所以它到底是真实的吗？我多少有些怀疑。极少数的一群人，被困在照射不到阳光、听不到外界声音的矿山底下，等待着不知何时会到来的来自宇宙的访问者。说他们中有人凑巧目睹了光线在水槽中炸裂的那一瞬间也不奇怪吧？他们一定把它当作只有自己才享有的秘密特权，藏进了眼睑背后。

"昼萤"的光一定也是这样。

"什么'昼萤'，一只也没有出现过哦。"

你的那位非但没有照顾眼睛受伤孩子的心情，反而直截了当说出真相的班主任老师也许是明白的吧。不管是不是看到，光都被好好地收藏在眼睑的深处。

一开始，我发现脚下的拖鞋马上就要掉了。欸？好奇怪啊。像这样的小小疑问只是在意识里不上不下模糊的地方闪现而已。世界上大部分人都无法清楚说出自己穿着拖鞋的脚在做什么动作，肌肉、关节和韧带是怎样合作保持拖鞋和脚联动的。所以，当然也不会有如何改善动作的规范。

过了一段时间之后，我常在上楼梯的途中，或是在房间的正中停下脚步。回头看被留在身后的拖鞋，盯着刚才还好好穿着它的脚，我歪头不解。拖鞋惆怅地躺在地上，仿佛替我表达此时的心情。

对不起。我本不打算把生病的事啰啰嗦嗦地写下来。因为我怕只顾着自己说，而让你感到厌烦。"我无法从你寄来的信里感觉到重量……"听到这句话的瞬间，我终于被你敏锐的洞察力吓到了，进而意识到那些欺骗的小伎俩根本毫无意义。从另一层意义上来看，也可以说是感受到恐惧。我被你的魔法所压倒，你能写下那样赤裸裸的句子，好像我们之间分离的时光从来不曾存在过。

做不了的事情越来越多了。拿菜刀、微笑、扣上扣子、咳嗽、发出 ra 行的音[1]、翻身、眨眼……一件事一旦做不到了，就再也没办法做到。现在的我被重力所支配。因为抵抗重力的力量已经所剩无几。假如注定要被看不见的力量拖入深渊，那至少让我在满溢的水中慢慢地沉没吧。一边这样祈祷着一边写成的信，没有重量也毫不奇怪。你所写的没有时间的文字，和我所写的没有重量的文字。我们的信彼此配成一对交会于面前，面对它们，我只能像一个看到切伦科夫光的幸运儿一样，默默地站着。

实际上，上一封信中最吸引我的内容，是登上斯普特尼克 2 号的莱卡犬是雌性的。读到这儿，忍不住惊讶地发出"欸?"的声音。我也不知道为什么一直以为是一条雄犬。也许是因为"莱卡"这个名字听起来很勇猛。如果它的名字是

---

1 指日语五十音图中的 ra、ri、ru、re、ro。

"艾丽卡"，就不会有这样的误解了。

我还想起我们俩曾一起看的电影《狗脸的岁月》。主人公少年英格玛，由于母亲病情恶化，一个人被叔父家收养。每当他遇到悲伤的事情，都会安慰自己说，比起被放在人造卫星上饿死的莱卡，我的处境要好得多了。将自己的不幸与宇宙中的狗进行比较的少年，给虚构的朋友写了信的安妮。他俩是同一条船的乘客。为了忍受降临在自己身上的命运的不公，他们迫不得已做出的应对是多么惹人怜爱。

英格玛不是美少年类型，而是一副亲切朴素的容貌。即使笑着，眼睛里也充满了变声期前男孩特有的恐惧和悲伤，这与莱卡的境遇重叠在一起，在我心中不知不觉地就把那条狗想象成了雄性。

但实际上，莱卡好像并不是在绕地球轨道时饿死的，似乎在升空后不久就被吓死了。饿死和吓死，虽然说起来有点残酷，但其实毫无分别。即使在爆炸和冲击的恐怖中瞬间死亡，也不足以改变男孩的不幸。如果知道自己曾短暂地陪伴过一个少年的孤独，莱卡犬可能会在宇宙的某个地方，摇晃它的尾巴。

虽然不像英格玛少年那样富有诗意，但坦白地说，我小时候也和实验动物们建立了秘密的关系。当时才十二岁的我，最爱读的书是放在牙医候诊室里的《世界上可怜的动物们》。这是一本介绍各种在科学进步过程中被牺牲动物的书，有着难以抗拒的魔力。一旦打开页面，对牙齿治疗的恐惧就会消失。

例如，给蜘蛛注射药物让它结网（最扰乱蛛网结构的是咖啡因，能获得最复杂图案的是大麻）。让小狗长时间不睡觉（它们在九十六小时到一百四十三小时之间全部死亡）。把小狗的头移植到母狗的躯体上（从麻醉中醒来，恢复到能咬研究人员手的程度，但六天后因感染死亡）。将出生后七个月的黑猩猩和十个月的人类婴儿一起抚养（不是猴子人类化，而是婴儿猴子化。实验结束后不到一年，黑猩猩就在笼子里死亡。人类的婴儿成年后自杀）……直到现在，我还能想起所有的实验案例。

让我特别难忘、抱以最深切同情的，不管怎么说都是巴甫洛夫的狗。巴甫洛夫博士为了研究唾液腺的作用，在狗的脸颊上开了个洞，打算喂它各种各样的食物，从洞口获得唾液。但没想到，后来那条狗变得不用看到饲料，只要听到博士的脚步声就会分泌唾液。科学家不得不改变最初根据食物种类分析唾液成分的研究方向。狗的智慧给实验增添新的亮点，最终给博士带来了比诺贝尔奖更高的名望。

我还清楚记得书上实验中的黑白照片。一只其貌不扬的黑狗，被要求以固定站姿站在木制的架子上。从身体的各个部位延伸出粗细不同的管子，与头上的柱子相连，令它无法动弹。耳朵和尾巴垂着，眼光呆滞，可能是因为忍着不敢蹲下，一只后腿不自然地弯曲着。

唯一值得庆幸的是，由于照片的颗粒很粗糙，脸颊开洞的地方看不太清楚。那是在脸上打个洞啊。女孩不愿想象那有多痛。她唯一知道的是，那肯定比治疗蛀牙痛得多。即使把摆在眼前的食物全放进嘴里，也都会从洞里掉出来，一点也不会进入肚子里，而且烤鸡、肋排和排骨的骨头还会卡在洞里，越吃越痛。在少女的想象中，巴甫洛夫的狗痛苦地扭曲着脸，苦苦思索事情为什么会变成这样。那仿佛自己犯了错一样的表情，让少女更加痛苦。

但是女孩和少年英格玛有点不同。她并没有用巴甫洛夫的狗来安慰蛀牙的自己。而是发现，只要在牙医那儿读了《世界上可怜的动物们》，当天晚上就一定会做噩梦，第二天早上就一定会发烧。女孩注意到这一规律，很快就开始利用它。每次在想逃学的前一天，就计划去看牙医。午餐的菜单是炒杂烩、要做耳鼻科检查、长跑大会、清扫游泳池、去制铁工厂做社会课参观……不想上学的理由是各式各样的。她盯着学校的日程表，一旦确定了想休息的日子，就会找适当的时机诉说牙齿的问题。为了不引起母亲怀疑，这些需要周密的准备和演技。只要顺利到达候诊室，接下来只需埋头专注于那些可怜的动物们就行了。

巴甫洛夫的狗好几次把少女从黏糊糊的炒杂烩和社会课参观的晕车中解救出来。尽管它自己处于艰难的困局，但还是帮助少女实现了她的愿望。

现在想想，即使莱卡狗出现在那本书上，也毫不奇怪。甚至应该和巴甫洛夫的狗一起接受主角的待遇吧。巴甫洛夫博士也是俄罗斯人。苏联莱卡狗和俄罗斯巴甫洛夫的狗。是适合摆在第一章和最后一章首尾呼应的尊贵牺牲品的象征。

只是，在宇宙孤独死去的狗被起了一个气派的名字，相比之下，脸上被打了洞的狗是没有姓名的，这点让我有点在意。每次总是只有博士的名字被写在前面，狗好像只是他的附件一样。这不是太可怜了吗？

就让我仿效英格玛少年的做法，为巴甫洛夫的狗祈祷吧。

"相比被重力困住，在脸颊上打个洞要好过得多。"

我们俩去过好几次的那个棒球场，被白杨林包围着，天空很近，坐在观众席的上层，风很舒服地吹过。单独一个人的时候，我们各自困在打字机键盘和衣橱这些狭窄的空间里，但两个人在一起的时候，却经常去宽敞的地方。从旧矿山的地下开始，观光牧场、古墓、调车场旧址、外国树样本林、河岸……而今天，我觉得自己和一些健康的狗一起在宇宙中散步。这一切，多亏了你。

就让我把这封信夹在通往"后屋"的旋转式书架上的办公文件里吧。期盼它确实能送达你的手中。

在地球另一端传来日食新闻的夜晚

追记

莱卡狗也上了邮票啊。从额头延伸到鼻子的一撮白毛长得很漂亮。耳朵的尖端弯曲着，显得有点无辜。顺便问一下，巴甫洛夫的狗是雄性还是雌性？

　　这个世界上可以称为语言的到底有多少呢，难以想象。
如果加上人类最早使用的语言之前的声音，用过一段时间后
又消失的，或者连使用它的种族都灭绝了的语言，怕是要多
如繁星了。但语言在大多数时间里，是眼睛看不见耳朵也听
不见的东西，只是在沉默中穿透心灵。语言不仅让对话沟通
成为可能，还能感受到它们渗透到彼此内心最深处的样子，
我相信这是本身只有很小质量的语言，在黑暗中与另一个人
的语言碰撞而发出光芒的瞬间。

　　自那天的相遇后，我们聊了很多次，那些没有说出口的
话语和目光的交错，大概就接近切伦科夫光吧。偶然的重叠

不是命运，而是必然。当我们不借助光学仪器就能感知到不可见光时，它就成为我们俩独一无二的体验。在回程的巴士里，我之所以会指着被黑暗埋没的岔道前方，是因为直觉告诉我，在穿越寂静湖泊时获得的某些东西在那里变得可视化。后来我才知道我们彼此都感受到了，当你用静谧的语言重新提起在 K 町的经历时，感觉记忆中的中微子再次被赋予了质量。

关于你的病，其实我隐隐约约地猜到了。决定永远闭上眼睛，恐怕也是预感到那逐渐不能睁开眼睑的症状，所以先采取措施吧？你的身体越来越不受控制，身体的不适症状一个个都传递到了我这儿，这是我们之间还系着编织线救生索的证明。正如你所说，要在地球上抵抗重力的支配，只能利用水的浮力获得相对的自由。关于我的另一位主治医生为让身体不适的宇航员们进行康复训练而亲手建造的游泳池，听说因为涉及军事机密，所以不能说得太详细，但它的规模与当时世界上最深的潜水池相当，水深有四十米。

一般患者康复训练使用的游泳池，是在温水中站立行走的类型。它原来是用于治疗在矿山工作的人们的浴池。但这个特殊的游泳池位于禁止入内区域，由公共机构人员常驻管理，那并非医生所能建造的。我们这么小的村子，怎么会有这种规模的设施呢？所以也有传言说村长一定做了什么铤而走险的事，但真相不得而知。最起码村里的人都知道，医生是个表里如一的人。

之所以在那里建造看似垂直洞穴的游泳池，首要理由就是水。在夺走我眼睛的松树附近，奔涌着与"昼萤"出没的池子水源相同的泉水，以透明度极高而闻名。用特殊滤网过滤后的超纯水注满游泳池。没有使用氯。

水深四十米的绝对压力相当于五个大气压。宇航员训练所需要的最多也就是十几米。这里不穿宇航服，而是用自由式潜水进行治疗和复健，重点是学习与瑜伽冥想类似的特殊呼吸技巧。通过训练，可以依照自己的意志将血液集中到器官附近。在冥想的环境中不能有浑浊。所以我会向你提起遥远村庄的游泳池，我确信那是清澈的水，是对你纤细的身体表面不会有丝毫刺激的东西。你的身体表面与其说是洁白的肌肤，不如说是皮肤组织更适合。

我至今仍记得第一次触碰你手时的惊讶。我有种错觉，以为自己手指已经穿过皮肤，直接到达了像接地装置一样细细的骨头。回想起来，在行星湖面的小船上感受到的也是类似的感觉。要捕捉语言的切伦科夫光，一定需要高灵敏度的皮肤吧，接受到阳光后能产生光子加速的那种。"一种只有从未接触过人手的物体才会散发的独有的寒冷"。我能听懂你对行星上水的形容，就是因为即使我们一起生活之后，我对你的最初印象也没有改变。你的脸颊、脖子、后背，每次触碰都会体验到表面产生了深度。你的肌肤，不，是薄薄的皮膜，给我一种不可思议的体验。上面覆着一层冰凉，和为检测中微子而建造的纯水人造湖一样。

　　我并不是说你的心冰冷。如果连灵魂都冰冷的人，为什么会向我这样的人投掷编织线救生索呢？从你的皮肤传来的是冰冻火焰的温暖。是和从未见过的"昼萤"性质相同的、终究无法确认的温暖。即使如此，我也没错过越靠近越远离的皮肤触感，并且能跟随表面颤动的轨迹，那是因为里面有蓝色的火焰在摇晃指引。含氯的水则会把它杀死。那个医生在我失去视力后，一直支撑着我身体里的另一个我，他肯定能终结你的耳鸣，消除你的头晕，像"闇"[1] 这个字形所代表的那样，引导声音进入灵魂的大门吧。

1　该字在日语中指"黑暗"。

但现在我不得不坦白，当我在写这封信时，内心被不小的不安所驱使。当我在漂浮于地下行星湖的小船上，一边握住船桨在安全帽下小心地避免画出扭曲的水纹，一边屏住呼吸，追踪着幻化成"昼萤"的你三百六十度不放过任何细节观察的样子。你是否还记得，当我们来到中央，有那么一瞬间，蔚蓝的湖底闪过一个黑影？虽然你在信中没有提到，但那确实是生物的影子。不是鱼或乌龟，而是行动更敏捷的生物。它是像已经灭绝的白鳍豚或贝加尔海豹一样，生活在淡水中的生物吗？应该不可能。这里是生物无法侵入的空间。那是不切实际的想法。让我们还是不要去探索背后的那个神秘的、只有两个人感受到的、超越语言理解标志的现实吧。如果这是在经过漫长的遗忘隧道后的启航，那么说这艘船是为了在没有摆渡人卡戎的情况下把我们带向黄泉之国而准备的也不足为奇。

我所说的不安，是怕你一旦沉入那个池中获得了自由，就会穿过任何人都无法触及的时空，消失在另一个世界。我感觉，拥有纤细皮肤的你和水之间，从一开始就有不允许别人介入的亲密关系。回顾、回忆的行为，原本就不得不绕过最重要的部分，总是以太迟了的状态为前提进行。你的身体已经不在我身边。你的声音也不再传到我的耳中。我能做的，只是为了不失去始终珍视的苍白可爱的光，甚至用不存在的不纯记忆，从远方支撑想要抵抗重力的你。

在 K 町的宇宙基本粒子观测站，当我们被巨大的实验装置包围时，我看到的不仅仅是水。因为那些让你都惊愕了的直径五十厘米光电子倍增管的组合，让我们就像被关在巨大的玻璃容器里的两只小虫子。或者更贴切的说法是被巨大的虫子紧盯着。后来你跟我反复说过，你被那个空间超越人类认知的行星般的巨大规模所压倒。船的渺小和周围环境的广阔极不相称，是我们之后无论去哪里都无法抹去的原始记忆，而我首先联想到的就是昆虫的复眼。

复眼由无数个单独的眼睛组成，它可以感知到人类眼球无法捕捉的紫外线和偏振光。它们看到的世界与我们完全不同。在显像管还是主流的时代，我看过一个堆放了很多箱形接收器、放映各种实验性影像的当代艺术装置。在那儿，我碰巧遇到了所有的接收器"吞噬"一个观众的瞬间。好几十台电视机上同时出现了自己慌乱的样子。在那天我身体受到的冲击，也是同样的感觉。小船上的两个人被一万多只单眼所捕获，这些眼睛从超纯水圆柱的天顶到底部密密麻麻地排列。仿佛有人在操纵和观察，机器像活的细胞一样运转，记忆的碎片被合并，成为迄今为止没有想象过的色调所组成的图像。复眼没有眼睑。表面不会干燥的复眼也不会流泪。当你决心永远闭上眼睑，但还是像过去一样向我传递文字时，我觉得你不是将自己关在黑暗中，而是得到了一个不同功能的眼球。

初秋的时候，我们去过一个放牧本地马的山村。为了实现你想看牧场的愿望，你从我列举的几个选项中选择了离我比较近的一处。那个蒙古血统小型野马保护区似的海角也有些让人心动，但如果参加了这个附带解说的活动，就要在正午海边阳光下暴晒两小时，你的皮肤一定会受不了吧？而另一个要换乘电车和巴士到达的山上牧场，则是令人想穿上长袖外套的天气。我们和马在一起的时间只有三十分钟左右，之后在附近的小路上散步，并在溪流边的老旅馆安顿下来。晚饭后，在关了灯的房间内，窗边摆上椅子，抬头仰望星空。我像往常一样倾听你的讲述。你的声音虽然纤细，但是很有韧性，会随着内容微妙地变化。不少人一兴奋语速就会加快。而你恰恰相反。越沉浸在讲述里，语调就越慢。在说到重要部分前，甚至会先停顿。

语言停歇时，能听到流经山谷的小河的激流声。山上的空气果然清新，月光也很冷冽清澈。虽然树丛黑压压地出现在眼前，但黑暗反而消除了闭塞感。尽管如此，或者也许正因为如此，你还是像往常一样，在心中一页一页翻动记录着"被关着的人""把自己关着的人"以及"关着别的什么东西的人"的虚构名录，从中挑选适合那一天、那个时间氛围的人物，用充满爱意的声音给我讲述他的生平。通过你的声音与多年的知己再次相见，是多么令人高兴啊！那天晚上听到的故事中，给我留下深刻印象的是一个在百叶箱里蹲了好几年的小个子老人的传奇故事。老人是所谓的"箱男"。不过不是带着箱子到处走动的那种。观测员来取数据的那天，他就会好好地从箱子里走出来。你描绘了一幅奇怪又令人信服的肖像，如果他能对社会做出这样合理的应对，那就不必刻意生活在箱子里。那基本上可以理解为神的指示。虽然百叶箱已经完成使命，成了过去的遗物，但是对架高式箱形物的留恋，是我们共同拥有的东西之一。百叶箱的狭缝，并不会限制视野，反而是推动想象力的装置。

　　——接下来轮到你了。

　　不知道过了多长时间，你把沉默挥到一边，用并不是复眼的眼睛看着我。白天茶褐色的瞳孔变成带有野性意味的黑色，中间有苍白的光。我无法转移视线。只好深吸了一口气，开始说话。

——早上醒来的时候……

一时接不上话来。一分钟、两分钟，沉默在继续。在不安的驱使下，你开口了。

——变成毒虫了吗？

也可能是这样，我想。但是没有朝那个方向前进。

——不，浑身被汗浸透……不是我，是主人公。

脑海中浮现的不是卡夫卡，而是奥克塔维奥·帕斯[1]的短篇小说。故事发生的舞台与眼前凉爽的山区夜晚相去甚远，是某个闷热的南美村庄。主人公住在村子里一家便宜的旅店。也许是旅途劳累，他一到这儿就睡着了，一觉醒来已经到了晚上。这里没有床。只有一张挂着的吊床。红砖地板吸收了热量，泼上水后蒸发，使房间更加闷热。如果有观测百叶箱的话，湿度记录可能高达百分之九十以上吧。当他穿上衣服走出房间，看到独眼的旅店主人靠在门口的藤椅上，半闭着

1　奥克塔维奥·帕斯（1914—1998），墨西哥诗人、散文家。1990年因"作品充满激情、视野开阔，渗透着感官的智慧并体现了完美的人道主义"而获得诺贝尔文学奖。

那只好的眼睛抽着烟。时间并不是很晚，但是旅店主人说，所有的商店都关门了，就算想散散步，路上好像也没路灯。主人公没在意这些，还是出门了。他带着火。因为他抽烟。照亮黑暗的第一道光是火柴的火焰。然后，是烟头燃烧的黄色火光。就像被这火光邀请，月亮出现了，世界缓缓诞生。风吹来芬芳的树木清香，蟋蟀在周围鸣叫着。

　　作者是一位诗人。刚见证了世界如何诞生的他，将在黑暗中联系起来的所有宇宙现象比喻为"对话"。自己的行动、星星的闪烁、把这个故事讲给你听的我、听到这个故事的你，都只是构成整个宇宙"对话"的句子和音节的一部分。如果自己完成了这样的音节，那么形成的语言是什么样的语言？是谁想说给谁听呢？在故事中加入这样的省察是很奇怪的，但诗人是一个特别的群体，所以他们拥有在自己的游泳池底开个洞，与生活在另一个世界的未知诗人的作品交流的力量。那个诗人的诗，我隐约记得当时念给你听了。现在，我翻阅了手头的版本，把它记录下来：

　　　从华丽的云彩和冰冷的风之间

　　　穿过交错的光的棍棒

去往那个我们称之为上方的神秘方向

我一边惊讶它是这样的

一边比大循环的风更轻快地飞升而去

我甚至可以追踪它的足迹

在那里，我看着幽碧寂静的湖面

过于惊讶于它那平坦的光辉

和未知的全反射方式

还有那静静闪烁的树木行列

惊讶于它们能被正确反映

随后它将自行研磨

磨出澄澈如镜的天上琉璃地面，因而颤栗

变成绳索上流淌着的天空的乐音

　　这是宫泽贤治《青森挽歌》中的一小节。不仅是你我回忆中的那一刻，还是正在讲述的我此刻的内心，诗人的声音都能渗透进来。此前提到过宇航员失去存在坐标时感受到的茫然，在写下"我们称之为上方的神秘方向"的那一刻，变成了特别的东西。对普通人来说的"上方"，对他们而言没有意义。"幽碧寂静的湖面"也好，"变成绳索上流淌着的天空的乐音"也好，湿热的墨西哥夜晚与寒冷的日本北国就这样连接在一起，文字成为贯通地球的中微子。但是，我当时只讲了短篇小说主人公对星空和世界的思索。我用打字机写的叙事诗，也与这样的乐音相关，所以那时可能有点过于投入了。讲到一半就跟不上这样抽象的表达，于是又陷入沉默。

——就这样结束了？

你爽快地把故事讲完了。我说到一半就变成了不是自己的语言而只是一些音节，因而迷失了全貌，故事也变得半途而废。就这样结束了？不管故事是否继续，你一定会这么接上一句。我也没有刻意要等你说，但每次听到这句还是会很高兴。但是那个夜晚故事并没有就此结束。奥克塔维奥·帕斯短篇小说的主人公，在像瞳孔花园一样的夜空下，突然感受到了人的气息。当他意识到时，后背抵着一把刀。请不要动，一个男人的声音说。不是不许动，而是请不要动，这种温柔的语气会更让人恐惧。看不见身影的男人想要的，既不是物品也不是金钱。是眼睛。

他说他不杀人，只是想要眼睛，因为恋人让他带一束蓝色的眼睛花回去。主人公反抗说自己的眼睛是黄色的，但那男人并不相信。于是他划亮火柴，以确认眼睛的颜色。我没有再说下去。你也没有催促我。我为什么说那样的故事，在那时你已经察觉到了吧？这篇小说，将我们在 K 町地下行星被复眼包围着的感受，毫无遗漏地表达出来。在一束蓝色的眼睛面前，在一束由单个的蓝色眼睛扎成的语言花束面前，我们只不过是两个音节而已。从那时起，每次在不同的地方遇到星空，我们都会聊起这个夜晚。又或者，在你编织的时候。

编织者的指尖是一个奇迹。毛线不断地连在一起，形成有重量的编织物的过程令我晕眩。我分不清线究竟是被钩进去还是钩出来。明明看上去是零和的行为，但是编织物的面积却确实在增大，这个逻辑我很难理解。还有就是宛如神技的"减目"技法。一个两个三个，在毛线花瓣上打开一个口，像变魔术一样绕着毛线环减少针目，只看字面都会感觉很残忍。K 町的蓝色眼睛花束突然大量破裂的事故，也是一种"减目"吧。

在山间的旅馆聊累了，你躺下来，眼睛苍白的光消失了。取而代之的，在那半透明的肌肤下，仿佛到达了生命的临界点，一种更浓更深的蓝色闪烁着。那近到几乎用手能抓住，却又仿佛远得无论如何也抓不住的光。每当你发出这样的光，无论说你是飘浮在宇宙空间，还是漂浮在水中，都展现出排除了轻重对比的"天使浮游"本身。明明两个人在一起，怎么会感觉离得这么远呢？现在想起当时的疑问觉得很怀念。因为，恰恰是像现在这样分隔两地，我们之间的距离才缩短了。

克里卡列夫、切伦科夫，还有巴甫洛夫。包括安妮·弗兰克和巴夫卡在内，我们俩的兴趣似乎不是以西方世界为中心的。从超纯水的湖泊联想到贝加尔湖，也与这个有关。我的另一位主治医生告诉我，世界上近五分之一的淡水都在贝加尔湖里。这是一个三千万年前形成的、深达一千六百二十米的巨大的新月形湖泊。它正好位于欧亚和阿穆尔两个大陆板块的交界处，所以湖面仍在一点点地扩大。我担心一旦你把身体托付给水深四十米的游泳池中的纯水，可能会在发现那个谁都不知道的洞之后消失，而我胡思乱想的终点就是贝加尔湖。贝加尔海豹的眼球异常发达，因为它们生活在透明度很高的水中，通过视觉来捕捉食物。如果真要用肉眼捕捉切伦科夫光，能做到的大概就只有那栖息在深湖中的小海豹吧。但是，如果能经受住水的寒冷，你闭上眼睑的眼睛，应该能比它们更精确地捕捉到不可见的量子，并将它们加入世界的"对话"中。

　　顺便说一下，动物实验牺牲者们的故事果然很有冲击力。我们去博物馆时，你总是在我想移开视线的标本前静静地站很久。身上没有伤痕、皮肤美丽的生物漂浮在略显浑浊的福尔马林中。违反重力的漂浮状态的幸福，与被囚禁在玻璃容器中的不幸相抵消，让观众的心也处于一种虚无状态。如果这可以称之为"寂静"，那么你似乎总是被失去声音和体温的生命寂静所吸引着。犹豫是否要站在专注观察标本和化石盒子的你身边，我总在背后注视你的背影。对把动物们逼到这种状态的人类行为的愤怒，以及对被逼到这种状态的它们的哀悼，你被这两种情绪拉扯撕裂，但脸上总是浮现些许醒悟的笑容。当然，我只是通过你的后背感觉到而已，你真正的想法我无法得知。从包容一切、接受一切的神职人员庄严且柔软的脊背上，放射出蓝色的光。是的，想着那些再也不会复活的生物，那光芒从中诞生了。对于超新星爆炸后从死亡中释放的量子作出庄严反应，也正是出于这个原因。

　　在牙医的候诊室里，十二岁的少女读着关于那些在科学实验中牺牲的动物们的故事。在蛀牙被磨削之前，想起比自己更痛苦的"世界上可怜的动物们"，试图用主动面对痛苦来获得勇气。那个少女的身影，和现在的你重叠在一起。在恐怖的椅子上张开嘴接受治疗时，虽然没有好吃的东西，但依然会分泌唾液，那也可以算在巴甫洛夫的条件反射之内吗？巴甫洛夫的名字是伊万·彼得罗维奇。若是这样用名字来称呼他的话，在我头脑中，这位获得过诺贝尔奖、实际存在的生理学家，开始变成安东·巴甫洛维奇·契诃夫小说中的人物了。

——伊万·彼得罗维奇，你前些年在马德里演讲的关于"动物实验心理学和精神病理学"的讲座，简而言之，说明了以前被认为是心理或是精神现象的东西，实际上也可以作为化学反应来解释，可以这样说吗？

——就是这样的。

——也就是说心灵和灵魂都与此没有关系，是吗？

——那是当然。相关的都是物质。物质的连锁反应化作化学反应，产生各种浓度的唾液。这里不涉及心灵和灵魂之类的东西。

——听了这句话可不能就此放过啊，伊万·彼得罗维奇，你刚才说狗是没有灵魂的，狗只不过是为了证明你的学说而使用的工具。但是，你不是也有一只与你"心灵"相通的爱犬吗？……

　　巴甫洛夫实验用的狗不是只有一只。为了消除个体差异，雌雄都要齐备，而且必须要好几只。不是像收容所那样用编号，而是都用名字叫它们的吧？正确的说法应该是巴甫洛夫的狗狗们。接受了特别手术的狗狗们，成为伊万·彼得罗维奇从研究消化器官领域跃升为大脑生理学专家的重要力量。虽然它们和莱卡犬一样，属于可怜的动物，但并没有被夺走生命。实验结束后，一定能恢复到原来的样子。就这样祈祷吧。

　　即便如此，《狗脸的岁月》还真是令人怀念。我记得我们坐在一个倾斜度相当大的观众席的中段，是最左侧的座位。我在左边，你应该在右边。少年英格玛反复安慰自己，与飞向宇宙的莱卡犬相比，自己的境遇还不错。那部电影是献给已故母亲的赞美，这在影片刚开始的部分就已经表明。虽然有很多令人发笑的场面，但总感觉残留下悲伤的印象。到了现在这个年龄回头看，影片真正的主角不是整日调皮，却反而有点可爱的次子英格玛，而是因为看到了自己疾病的尽头，在无法抑制的沮丧、痛苦中离开人世的母亲。而比莱卡犬更"可怜"的是名为"西卡"的英格玛的狗。最初听到时，因为在脑内自动转换为"疾患"而成为难以忘记的名字[1]，但是在母亲为了治疗而把兄弟俩送走的时候，西卡不是被送上宇宙飞船，而是在地球上被处理掉了。虽然隐约有点猜到，但从叔叔的嘴里被明确说出来时，我清楚地记得，坐在右边的你纤细的肩膀是如何颤抖的。如果一起被带去乡下，西卡就不会死，说不定可以让它乘坐手工制作的宇宙飞船，用绳索牵着带它穿过村庄的小道吧。

被用作电影海报的英格玛和西卡的合照，是摄影师母亲倾尽全力拍摄的。在出口那里，我们互相示意都拿了那张传单。少年和狗的眼睛里藏着的那种光芒，我想你一定注意到了，那不是闪光灯的反射。那样的光，虽然这说法有点老套，我想称它为"灵魂"。你在衣橱里，担负着和弦乐器的魂柱相同的任务，如果没有你，我该早就迷失了吧。魂柱不是用黏合剂固定的，只是靠弦的张力固定。正如奥克塔维奥·帕斯所说，这个世界是由所有零件组成的对话，我们只是其中的章节和乐音，但即使这样，每个人还是都可能成为世界的魂柱啊！我的想法可能太跳跃了，当年我们俩相遇时，被没有

---

1 小狗的名字与"疾患"一词在日语中发音完全相同，写作罗马字均为"shikkan"。

眼睑的蓝色眼睛包围着，漂浮在湖泊上的小船，也是这样一片魂柱吧。倒下的魂柱可以修复。问题只在于你是否有那个意愿。那就让我们彼此不要丢失对方独自乘坐的小船。我随时准备着，为你划桨。

　　在台风的黑色眼睛里

第
七
封
信

　　这次读你的信也充满了新的发现。奥克塔维奥·帕斯的
短篇小说的主人公，透露了我们可以用只有我们俩才懂的语
言进行交流的原因，没有比这更令人鼓舞的了。我们的交流
是构成世界万物对话的一部分，是谁都不能独自读完的宏大
叙事诗中某一页上出现的寥寥数语。

　　虽然是我自己写的信，我却没有注意到湖底有一个通向
外面的洞。是你告诉了我那条水路的入口。就像在矿山的地
底时，你指给我遗留在坑道黑暗中的光一样。

　　想想看，从相遇那刻开始，一直到现在分离两地，你始
终不变地给糊里糊涂发呆的我，指出世界上藏匿着的各种秘

密所在。看上去毫无关系的 A 和 B，实际上偷偷地互相交换着视线。所有人都没注意到的视线交会那一点，只有你的眼睛捕捉到了。难道在那里产生了只有被选中的人才能看到的、像切伦科夫光一样的东西吗？

如果知道自己拥有特别的眼睛，我一定会欢呼雀跃地四处炫耀，但你不会做这种丢脸的事。你总是保持着分寸感。触及我肩头的指尖，也始终是克制的，轻到我一不小心就会错过。

"不，我并不想打扰你。如果你觉得有点烦，我很抱歉。你可以马上忘了它。"

就像这样，连犹豫的感觉都能传达出来。

但是，你的指尖向我展示的秘密，从来也不会让人觉得是打扰和厌烦的。面对这些秘密，我被惊讶、喜悦和敬畏所打动，只能默默地站在那里。接着在最初的心跳稍微平息之后，我喜欢转身与你四目相对的那一瞬间。那是一个令人珍惜的瞬间，不需要多余的解释，只是点个头，就能感受到更多超越语言的交流。你是用任何测量员都无法胜任的方法来丈量世界的人，是发现潜藏在黑暗中的地下茎、沉睡在地层中的桥梁、沉入湖底的深坑，画出崭新地图的人。

当莱卡狗和巴甫洛夫的狗，奥克塔维奥·帕斯和宫泽贤治在交错的瞬间，发出苍白的光芒时，我下意识地转过身来。很明显，这样做并不是靠肌肉的力量，这是多年来已熟悉的动作轨迹，还残留在眼睑背面的黑暗中。当然，你已不在那里。也没有默契的点头。只有肩头复苏的指尖触感，证明了我记忆的正确性。我在信上写的各种内容，并不是疾病带来的纯粹的胡思乱想，这就让我安心了。

由于持续闭上眼睑，得到了类似昆虫复眼的、和以前不同功能眼球的我，以及在瞳孔中寄宿着"昼萤"的你。我们创造出自己独有的通信方法，也是必然的结果吧。是什么时候来着，我想起日本第一组五胞胎诞生那会儿，有研究报告显示，虽然他们在智力的发展上没什么问题，但开始说话比平均水平要晚。因为比起和大人一对一的接触，他们五个自己在一起的时间要长得多，于是形成了语言以外的沟通方式。

不懂语言的五个婴儿是以怎样的方式互相沟通的呢？想到这儿，我就不由得想微笑。吐舌头、拍大腿、吮吸手背、用力挥舞摇铃、一口啃在对方额头上、用口水吐泡泡再捏破它……啊，其实应该有更多更新颖、更神秘的方式吧？但是像我这样一旦掌握了语言，就只能拥有这样贫乏的想象。

如果能在他们"说话"时走近身边侧耳倾听，那该多有意思。我们能听到的，会是不属于声音和语言的微弱空气震荡。一不小心就溜走了。大概因为它们穿越了没有语言前的无尽时光吧。如果勉强要举出与之相似的东西，那大概就是蝙蝠的超声波、蝴蝶的振翅、大象的脚步声、雨后清晨张开的蘑菇伞、飘零的落叶……总之，都是在语言产生之前生物发出的气息。五个婴儿生活着的，是充满了无言的饶舌、有奶香的森林。

我猜他们其实不想学会说话吧。即使不特意学说话，对他们来说也没有任何不方便。在被苔藓覆盖的柔软地面上，五个人围成一圈。他们在圈中互相依靠着，时而眼光追逐着从树叶缝隙中洒落的阳光，时而被横穿过来的影子吓一跳，时而又倾听在头顶萦绕的各式声音。哪怕只有他们自己围成的小圈圈，也足够惬意了。

但离开那片和平森林的时刻终会到来。五胞胎和庇护自己的树荫告别，各自走向荒凉草原的那个时刻。虽然无法忍受孤独，在内心的深处怀疑这只是一场幻影，但还是一个一个地捡起语言的小石子走了。

那个时刻，会按照事先计划好的程序，郑重地到来吗？还是会毫无征兆地，由一个出乎意料的巧合而引发？比如，一条鱼在水边抬头仰望，它对地面充满好奇，突然有一天决定把鱼鳍从水中拉出来，平放在地上。就是这样一个巧合，它进化成了两栖动物的前腿。五胞胎中肯定也有这样的孩子，他们性格讨人喜欢，无所畏惧，在思考之前身体就先采取行动。

那个孩子最初会注意到一种奇怪的声音，与之前听到的有明显不同的节奏、起伏和变化。他会提醒其他四个孩子注意听，但他们也不知道那是什么。他们只感觉到，那好像是从自己不知道的某个遥远地方传来的声音。像大象的脚步声一样温柔，像蝴蝶振翅一样审慎小心，但同时也散发着某种危险的企图，也因为这样，这声音就更吸引他们了。

第一个孩子首先跨出了这个圆圈。刚才还完美合拢的圈一下子就打开了。他们排成一排，毫不犹豫地朝着有声音的方向走去。苔藓渐渐变得稀疏，树木间洒下的阳光更明亮了，天空也越来越宽阔，但他们没有注意到这些。终于走累了停下来时，大象的脚步声、蝴蝶振翅的声音、牛奶的味道都已经模糊了，一切为时已晚。回头看，回去的道路混杂在灌木丛深处看不真切。把所有令人眷恋的东西都留在森林里，剩下的就只有往前走。他们很快就会意识到，引导自己向前的那个声音，就是"语言"。

此刻我回到了五胞胎们围成圆圈的那片森林。一直闭着眼睛后，我走到了曾经以为迷失的归途入口。一开始的时候，我愚蠢地集中了仅存的力气，为了让眼球在眼睑下面向前方固定。因为我想，如果按照病程的规律，那牵动眼球的六块肌肉会再也不听使唤，最坏的情况下，如果眼球转到背面卡住，即使看护帮忙翻开眼睑，我也什么都看不见了。但我的担心是多余的。为了看到新世界而获得新双眼的人，不需要惋惜因此而失去的旧世界。正因为二者不能共存，所以才有看的意义。

我已经把口袋里塞满的小石子都扔了。躺在柔软的苔藓上，听到令人怀念的嘈杂声。不知不觉中，我已回到了学会语言之前的自己。

只是，一个人的时候总会感到不安。希望有人陪在身边，哪怕是现在这样保持互相通信的梦幻般的一刻也可以。这样的愿望是自私的吗，很多次我追问自己。但无论问多少次，脑海中浮现的，只有你。

在五胞胎出生后的一段时间里，报纸上每天都刊登着他们的体重和身高。早晨第一时间看一眼这个，是我那时候的秘密乐趣。我和他们没有任何关系。完全不认识。既不是对多胞胎特别感兴趣，也不想成为妇产科医生，是有种无法抗拒的力量，把我吸引到那一栏。

　　那是很小的报道栏目，没有文章也没有照片，只是刊登着名字和数字。五保胎的性别是男孩、女孩、男孩、女孩、女孩。因为他们是不足月的早产儿，体重和身高当然都比平均值要小。另外不仅是五胞胎，所有的婴儿在出生后都会因出汗和排泄而连续几天体重减轻。那几天我心神不宁。看着本来就小的数字进一步减少，我感到担心，早饭都变得食不下咽。但所幸在顺利度过生理上的体重减轻之后，数字每天都在增加，虽然只有 0.1 克、0.1 毫米。今天比昨天高，明天又比今天高，他们一点一点地成长着。那个事实令我内心震动。

　　出生时个头最大的大儿子数值非常漂亮，对比之下，最后降生的最小的那个孩子情况有点不妙。在妈妈肚子里的时候，她一定也是很忍耐的，即使感到拥挤也不会抱怨。与其他四个孩子相比，她的数字增长有独特的韧性。此外也有描画出自由风格成长曲线的孩子，也有宛如在大地上扎根、稳稳增长的孩子。

其中我特别在意的是倒数第二的女孩。其实她一出生，就陷入危险的状态，要是没有紧急赶到的新生儿专家，恐怕会陷入无可挽回的地步。

"加油！"

我一边关注着社会版角落里的报道，一边喃喃自语。我从来没有像那时那样如此直接地说出这句俗套的话：

"好，好，就这样坚持下去。"

连把报纸拿进里屋的这一点点时间都舍不得耽搁，我站在门口就迫不及待地摊开报纸。

"真是个乖孩子。"

我对着倒数第二个孩子的数字给与特别的鼓励。

"多亏你这么努力，五胞胎才能成为五胞胎啊。"

无论多么小的婴儿也一定会有的吧，我想起那些脚腕上的皱褶、手背上的凹坑、还没有充分固定下来的软软的肚脐、手掌上留着的线头、沾着口水亮晶晶的嘴唇。真是不可思议，明明应该没有近距离看到过婴儿，这些为什么能活灵活现地浮现在我眼前？就这样，他们的身影也越来越鲜明。我甚至觉得只要伸出双臂，就能把他们抱起来。

"真是太好了，差一点就变成四胞胎了。"

我那时还是个小女孩。说不定脚底还残留着踩着森林苔藓时的触感。所以大概觉得那由五胞胎组成的圆圈是如此令人怀念。要画成那个圈，四胞胎是不够的。无论如何都需要五个人来完成。正因为如此，我一直在祈祷。

比起未来，每个少女都会对自己出生以前的记忆，更有亲切感。她从没想过，未来有一天她的身体也会孕育婴儿。完全不知道将来会爱上什么样的人，但这样也没关系。

我已经完全忘了，去山上牧场看马的那天，在旅馆说起过百叶箱老人的故事，不过我记得我们在人工湖上坐了小船。那是在暑假期间，乘船点排起了长队，人多到大家都要小心划桨以免互相撞到。尽管如此，我们还是毫不在意地一直划着，用足了限制时间。只要眼前有小船，就一定要划一划。不管下着雨，还是穿着从葬礼回来时的丧服，都无一例外。这就是我们的原则。

朋友别墅院子小池塘里孤零零漂着的小船。路过的公园里的出租船。溪水中的漂流船、游乐船、渡船等等，这些在旅途中遇到的小船。还有在赛艇会场上朋友特别让我们试乘的裁判艇……所有和你一起乘过的船我都记得。从最初在宇宙基本粒子观测装置的水槽里乘坐的小船，到最后的……（关于最后的部分，现在想来有点伤心，就先不写了）总之就是全部。最初的水槽那段当然是最特别的，此外从不同的意义来看，最令人难忘的是指挥家 K 来日本指挥歌剧《玫瑰骑士》的那最后一场演出当日，我们在音乐厅附近的池塘上乘坐的小船吧。你一定不会反对我的意见。

我们多么渴望听那场公演啊！但那次的演出大受欢迎，开票几分钟就销售一空，我们既没有门路也没有钱，实在搞不到票。K 常因为脾气难搞而取消演出，年纪大了身体状况也令人担忧，据说这是他最后一次来日本公演了。当天我们来到音乐厅附近，与其说是基于想离 K 近一点，感受下能听到音乐的幻觉的那种热情，不如说是带着一种不甘心的情绪。就这样我们从家里晃晃悠悠地走出来，也没有商量，等回过神来的时候，我们已经在池塘的小船里轻轻摇荡着。

近在咫尺的音乐厅里，此刻 K 就要举起指挥棒了，但是池塘里却毫不受影响地弥漫着悠闲的气氛。好几艘色彩鲜艳的天鹅船漂浮着，在合家欢聚和情侣们的笑声中，我们只是默默地划着手划船前进。从天鹅旁边经过时，看到它们都长着黑色的大眼睛和长长的睫毛。其中几只很大方地让海鸥落在头顶和背上休息。偶尔，从动物园的方向会飞来成群的水鸟，降落到水面上，溅起一片飞沫。在水草的阴影里，乌龟的身影也隐约可见。正是开始起风、温度下降的黄昏时分。

不知是被雷击中，还是寿数已尽，池塘周围的樱花树丛中有一棵山毛榉倒在水面，那里有一艘船看起来样子有点奇怪。先注意到的是我。那时正好船行驶到池塘的边缘缓慢蜿蜒、形成凹陷的地方。

"看那儿。"

随着我指的方向，你调转了船头。我们慢慢靠近池畔，风声好像渐渐减弱，水的颜色却越来越深了。

小船的船头卡在岩石和倒下树干的缝隙中，微微倾斜着，一支桨卡在水中缠绕的树枝间。划船的人正在努力把桨拔出来。船上坐着的是一位略微上了年纪的女性。她是一个非常瘦削、皱纹又多、长相寒酸的小个子。看上去一筹莫展，手掌发红，额头渗出了汗。

"您需要帮助吗？"

你一边打招呼，一边巧妙地划桨让小船靠近，然后小心翼翼地从我们的船跨到她的船上。

"嗯……真是的，完全……为什么又这样……不好意思……"

女人低着头，慌乱地回答。

我抓住小船的边缘，以免两艘船分开。一边观察着，一边忍不住想：没有力气、没有划船技术的上了年纪的女人，而且是一个人，为什么独自坐在小船上呢？明明我连自己为什么会在那里也说不清楚，却完全没在意这些，肆无忌惮地盯着她看。

她一会儿提起过长的黑色连衣裙下摆，一会儿摆弄袖口，一会儿又把固定船桨的金属件弄得咔咔响，而且因为她不停地动来动去，小船也吱嘎作响。我提心吊胆，担心你的脚下站不稳。她的样子，与其说是看到救星出现松了一口气，不如说是吓了一跳。对于不想被任何人看到的这个场景，努力地想着该如何处理才好。她给我的就是这种感觉。

但是你什么都没注意到。只是一味地出于好意，想帮助有困难的人。折断的树枝、枯叶堆和垃圾比想象中还要更紧密地缠绕在一起，你用力从里面拔着船桨，抵着岩石，试图把船头抽出来。每当小船发生倾斜，你都会关心那个女子，用眼神确认她是否还好。再仔细一看，一半埋在斜坡泥土里，一半被水面的波浪洗刷过的山毛榉树干，树皮完全脱落，白得一点也不像是树木。它沉在浑浊的水中，看上去简直像骨头一样。

她蹲在你的脚边，蜷曲着后背把身体再缩小一圈，眼睛咕溜溜地转。下巴是尖的，脖子干燥脱皮，可以清楚看到衣服下面脊骨的形状。就好像她自己就是从池塘的淤泥中捞上来的骨头一样。远处那些有水汪汪大眼睛的天鹅船，一艘也没有靠近的迹象。

"好了，这样就不用担心了。"

当我回过神来，船已经顺利地被救出了。

"如果可以的话，我帮你划过去吧。"

你的举止始终很绅士。

"不，不麻烦了。"

她慌慌张张地拒绝了。我第一次清楚地听到了她的声音。她好像也被自己的声音吓到了，垂下双眼，又开始摆弄金属件。我们能做的都做了。

"那么，请小心。"

你划动船桨驶向池中央。就在那个时候，她突然从口袋里拿出一张纸片，强行塞到我的手上。

"只是一点心意……如果可以的话……我只能这样表示……"

她又回到了那种含糊不清的说话方式。虽然我对她说的话只听懂了一半，但感受到了她想以自己的方式来表达感谢的心情。刚开始我以为那是钱，立刻就想把它还回去。但是，女子用手握着船桨，以与她柔弱的气质不相称的速度划动着调转船头，还来不及叫住她，船就走远了。无法想象纤细的手臂能爆发这么大的力量，船桨搅动着池水。调转过去的船头，在水面上划出左右对称的美丽波纹。我们看着那个轨迹愣住了。

等她的小船消失在天鹅船之间，我们才意识到自己手里的东西不是钱，而是《玫瑰骑士》的门票。我们叹了一口气，为了慎重起见，将票子对着即将沉没的夕阳确认它是否是真的，当然我们并不知道该如何分辨，也不是怀疑她。只是需要一些时间来接受发生在自己身上的奇怪的偶然。

但是没有多少时间让我们犹豫了。开演的时间马上就要到了。那时候我们意识到，比起票是真的还是假的、那个上了年纪的女人是谁这些谜团，还有一个更棘手的问题：票，只有一张。

最后我们选择用猜拳来决定。这是最平等的方法。享受这突如其来的偶然，我们微笑着，互相快速地伸出一只手。不知什么时候，小船随水流漂离，倒下的山毛榉被樱花树遮住看不见了。小船静静地摇晃着，水滴从船桨上滴落下来。

猜拳的结果，你也记得吧？正如大家所谈论的，那天果然是 K 在日本指挥的最后一场。

我们到现在也不知道她究竟是谁。只是，读了你的信，说到在水槽的底部曾经一瞬间闪过的黑影，那个影子就是她吧？我被这样的想法困住了。你把它描述为，并没有实际发生的我们的执念，即使是这样，那也并不矛盾。她并非碰巧从湖的船码头出发，刚好困在那里的，而是穿过宇宙射线研究所那充满超纯水的圆柱形水槽底部，通过长长的地下茎出现在我们面前的。在倒下的山毛榉下面，有连接地下和地上、此岸和彼岸的隐秘通道入口。我有种感觉：那个入口大概也通向五胞胎围成圆圈的森林。

明明知道坐在小船上的是你我两个人，但她拿出的票只有一张。她就是为了给我们两个人只能一人入场的票而出现的。为了把我们分成这边和那边、一个人和另一个人。

对这些一无所知，我们猜拳的行为，是多么天真啊！

你还记得研究所的人告诉我们，为了检测切伦科夫光，水槽内部密密麻麻设置的光电子倍增管都是由手艺高超的玻璃工匠一根一根地吹出来的吗？而且，能吹直径约五十厘米的大玻璃管的工匠，只有很少数几个人。

观察中微子、解开宇宙之谜的人们当然值得尊敬。但那些用自己的呼吸制造出一万多根巨大玻璃管的人也是伟大的。那时候我们在水槽里，被无数陌生人的呼吸包围着。尽管是机械装置，却完全没有冰冷的感觉，一定是因为这个空间里渗透着人类的体温。

观测站发生的重大事故，是某一天在更换光电子倍增管时，底部有一根玻璃管裂开而引起的。在冲击波引起的连锁反应下，有近八千根光电子倍增管破裂了。

当我想起在船上和你猜拳的那一刻，事故发生瞬间那必定会在水槽内响起的巨大声音浮现在我脑海。当然并不是亲耳听到的，但我想象了很多次，现在已经完全固定在我的耳膜上，感觉就像我真正听到了一样。

那是很美的音乐。不可能不美。一个接一个被释放的气息互相共鸣，形成和声，产生旋律。纯净的水、透明的玻璃和光线在颤动。巨大的响声包围着我们，连接着宇宙。这是其他任何乐器都无法演奏出的、独一无二的歌剧。

经过这次事故，光电子倍增管被放入由丙烯酸和纤维强化塑料制成的防冲击波外壳中，以免因一根破裂而波及周围。我们的歌剧就这样在旧矿山的地下，被好好保护着，完全不用担心。

"就这样结束了?"

让我来澄清一下事实，这个口头禅并不是对你模糊不清的结束方式表示不满。正如信上所反复写的那样，对我来说，关起来是比别的一切都更令人安心的状态。不管是模糊还是严密，有趣还是无聊，只要清楚地知道是关起来了，就没有问题。所以，"就这样结束了?"这句话对我来说是一把花边剪刀。是我把世界剪下来，关进一张邮票里的那把花边剪刀。

五胞胎五个人聚在一起围成一个圈。光电倍子增管被套在坚固的外壳中。好了，这样就不用担心了。

这次的信就写到这儿吧。

在看护告诉我彩虹出现了的黄昏里

追加

你真的认为巴甫洛夫的那些狗，在实验之后会有人帮它们把脸颊上的洞堵住吗？你真是老好人当过头了。宣称狗没有灵魂的博士，不可能特意花功夫治疗在实验中衰弱的狗。我可以断言，在牙科医院的候诊室里，少女经常偷看的书中实验室的博士，他绝不是那样的人。

　　谢谢你的来信。感谢你特意地在信上贴了浅棕色系的货船邮票。这船看起来不像是虚构的海运业者，而是某国的邮轮吧？时间大概是一九一〇年代中期？因为手上有几张同类型船的明信片，我想应该没错。这又是从湖畔家里那个正好适合你身形、稍微低一点的写字台抽屉里拿出来的吧？以前在不编织不看书的时候，你会打开装有邮票和旧杂志剪报的抽屉，享受拼贴的乐趣。你说，拼贴这种方式，虽然挑选什么、如何排列、如何处理，在创作上完全是自由的，但也受到素材是别人提供的东西的一部分这种约束，所以和自己画画相比，它有着不一样的对话魅力。我记得你这么说过好几次。

我通过小型船舶驾照考试的那天，你送我一幅你特别喜欢的拼贴画表示祝贺。是一个很奇幻的主题。鼓起风帆的帆船，低低掠过山丘上朽坏的斜塔。从上空放下一个看起来很不可靠的绳梯，最下面是捕鱼时用的蓝色玻璃浮球的碎片，像星星一样。我当时获得的驾照，只能在平坦水域和离岸五海里以内的区域操作五吨以下的小船，在各类船舶驾照中属于最低级别。但是看到那张拼贴画，感觉自己连飞机都能操纵。天空和大海交织的那个世界，在你的眼睑背后还展开着吗？读完信之后，我突然想起了它，于是把这幅小心收藏在素描画夹里的作品拿去装裱了。等完成后，我想用文字重新描述它。

　　即便如此，我还是非常感激你一直以来的忠告，你总是压抑着笑容说我，人老实过头了，只看到别人善良的一面。你为同样的事说了我好几次吧？每次我们都会重复同样的问答。非善的东西不一定是恶的。世上有很多不属于任何一方、停留在混沌状态的支撑意志的词语。从很久以前，我就会把不定形的、中间性的气象接收到身体里，而把第一感觉就能清楚捕捉到轮廓的、容易了解的部分，视为不好的东西，在心里悄悄烧掉。或者该换一种说法，换成被强加的、容易了解的，可能更贴切吧。暂时平息自己对这类东西的愤怒和怨恨，用指尖轻轻地捞取悲伤的膜，将真正的喜悦放在别的地方。需要的时间视情况和内容而定。有时一瞬间就能解决，有时需要几天，或者几周。顺利解决之后，留给我的，是不能单纯分为正面负面的、纯度更高的暧昧。当然也还会含着一些非善的东西，但根据经验，都被抑制在刚好发挥其好处的量上。总是有些东西会超出我所选择的范围，我也自认为一直都很重视它们。但因为不把它们拿出来示人，在旁人看来我好像总是倾向于正的一方。

我这种定量化排出情绪的做法，有时会招来误解。有很多人对表面上看起来冷静的人会表现出微妙的反感。内心的挣扎过程是谁都不能理解的，所以长时间以来，我已经放弃了。只有你，轻易地看穿我的内心世界并接纳了我。一开始我也很困惑。想知道为什么你会这么理解我。但一起生活之后，我开始懂了。就是说，你是和我在不同的次元做着同样事情的人。只是你的明察秋毫，更敏锐地发挥在侵蚀善的那一方。要切割删除任何一方都是不可能的。无论是善的还是非善的，删除其中一边，另一边也会被抹消一部分。自己也会被抹消。这个结构是超乎伦理的，更是属于生理性的。而用水晶球那样的透明清澈看清了它的只有你。

我们得以确定作为人的稳定感觉，并不是靠脚下稳定的大地。而是在摇晃的水上，或在持续晃动的环境中。事实上，我俩共同的回忆中，脚踏实地稳定站着的地方应该不多。当然，身体清楚地记得我们一起走过的风景，紧挨着的肩膀之间穿过风的触感，还有风吹过后空气的变化。但是，超越这些美好记忆的，是遵循"只要眼前有小船，就一定要划一划"这一不成文规则的相关回忆。你在信里说，这些你全部都记得。我也是如此。我们是这样在各种脚踩不到地的环境中，互相交换着语言走来的。

说起小船，我会想起让·雷诺阿的电影。郊外的河岸上，垂柳轻抚着脸颊，水声潺潺但不妨碍听到对话声，水面波光粼粼。之后，如果你寻着那略显淫靡的气味，河船可能会在别的意义上摇晃起来，或许会缺乏稳定性，但我认为我们的小船与所谓的乘船游玩是根本不同的体验。交换语言，领悟语言，然后还回去，或不还回去，在这个一半愉快一半紧张的空间里，我常常被我们磁极切换的感觉所震撼。我们对此没有什么违和感，向着曾经应该是北方的南方，又向着应该是南方的北方前进。你和我之间不存在对极这个词。在两个人以同样的方向为目标的过程中，地轴和极性不知不觉地发生了变化而已。也许，发生这种现象的地方就是水面上、水面下或是水底吧。那也是一条细长黑暗的径道，同时发挥着连通器的作用。

还有不忍池上的小船。也许那就是没有燃烧干净的"多余之物"的表象。就像潜水用的游泳池和宇宙基本粒子观测装置的水槽底相通一样，那个池子说不定也是产生时空扭曲的场所吧。当我感觉到那个黑影，并用心底隐藏着的喷枪烧掉它们之后，我顺着你手指的方向追随那个女人的身影，回过神来时已经把小船划到了她的船旁边。你的眼睛是精准的。读了你的信之后，那一天，那个时刻的空气又再度苏醒。"一个非常瘦削、皱纹又多、长相寒酸的小个子"。在靠近小船的瞬间，你已经获得了这么多信息。而对我来说，那个小个子的年龄或是被称为寒酸的长相都没有进入我的视野。只专注地想要看清她前方的水中缠住船桨的障碍物的真面目。该用多大力气把它拉过来才好呢？那艘小船的摇晃、你支撑着它的手臂，还有我们自己的船，我一边关注着这三个状态，一边试图打消瞬间的错觉：那树皮剥落像白骨一样的山毛榉树枝，似乎要把魔法传到我手臂，感觉她也会变成一堆白骨。

我想你大概也看到了吧。我意识到她在拼命地试图避开什么。你应该也清楚看到了那沉入水中与人骨相似的影子。一开始，我以为她可能掉了什么重要的东西。因为我看到了像黑色钱包一样的物体。现在回想起来，我觉得那里有另一张送我们的门票。本该成对的东西，只把一半让给别人，并不是一个好主意。因为这不但意味着分离，也将赠与者的过去亲手交付给了对方。

　　但是那时候，我们真的猜拳了吗？你确定这不是浮现在你脑海中的幻觉，而是真的发生了吗？虽然如何想办法拔出小个子女人的桨之前的情节我还能清楚地回忆起来，但勉强作为善意化身的我，怎么可能不爽快地把唯一的门票让给你？我就是这么想的。所以，我花了挺长时间才能在脑海中清晰回放当时的影像。赢了石头剪子布游戏的是我。在赢的那一刻，我深刻反省了自己。毕竟，你是只会出拳头的人。而我只出布。结果本来就应该是显而易见的。你笑着说："为什么你只会摊开手掌呢？"那么，为什么你只是握拳头呢？我也反问你。布代表一张白纸。既不是有颜色和花纹的包装纸，也不是报纸，或油纸，而是崭新的，以后会出现褶皱、会被撕破的纸。因为能用来包裹，所以会破。因为不硬，所以能用来包裹。一旦被用来包裹，再用剪刀剪开也没关系。你说，你之所以会出石头，是因为你可以关闭，因为你可以表现出不打开的意志。而且，因为我讨厌剪刀。对于意外拿到仅有的一张票后我所作出的反应，我想不出其他解释。换句话说，你瞬间采取能把票最终给我的行动。如果不是《玫瑰骑士》，就不会这样了吧。如果不是 K 指挥的话，我也不会这样抛弃多余的善意去玩石头剪子布吧。

总之要赶紧了，你说。不用管我，赶紧跑起来别耽误了。但我们在这儿分开后，你准备去哪里呢？是打算像奥克塔维奥那样，变装后出现在我要去的地方吗？说到《玫瑰骑士》，K 在二人之间分裂。一直畏惧父亲幻影的 K 和只惧怕自己的另一个 K。在湖畔那个不需要调暗灯光就能拥有黑暗，迎接另一个我的房间里，我们一起听的是后一个 K 留下的音源。虽然是二十世纪的作品，却好像有着十八世纪的味道，总有些滑稽，让人强烈意识到即将到来的终章的开始。我们听着演奏，说着这里好、那里很棒的感想，最后话题总是落到作曲家和编剧之间的合作上。二者的意见不可能完全一致。不能只有善，也不能只有恶。那里面有文字和音乐的冲突，有任何一方都无法燃烧殆尽的影子在蠢蠢欲动。

负责剧本创作的诗人霍夫曼斯塔尔说，即使决定加上音乐，他也不会跟着音乐来写。不会选择那些容易配上音乐的词，而会选择只为故事进展服务的文字。过于依赖音乐的话，你就会连塑造人物的任务都交给作曲家了。《玫瑰骑士》是作曲家和诗人之间首次正式合作的作品。但是它并没有发展成为歌剧。也许是为了获得南北极之间的平衡吧，他们的作品以"为音乐而写的喜剧"的形式呈现给公众。诗人曾在信件中写道，有一天他突然得到了创作这出喜剧的灵感。故事的舞台是玛丽亚·特蕾西娅时代的维也纳。他想塑造出像莫里哀剧中那样轮廓分明的人物，制作出一部好看的喜剧。他们反复进行了多次对话，最后在一九一一年，仅用一年半左右的时间，就努力完成了首演（努力，这个动词已经暗示了船摇晃的感觉），演出取得巨大的成功，作曲家也由此确立了不可动摇的地位。但是，诗人似乎并没有对音乐作出全面好评。他对作曲家在某些段落中使用瓦格纳风格的音乐表现得颇为不满。

诗人于一八七四年出生于维也纳。原本是捷克的犹太人后裔，但由于祖父和父亲分别与意大利、德国的女性结婚，所以他混有三种不同的血统。他去世是在一九二九年。当时他正忙着准备两天前自杀的儿子的葬礼，突然中风倒下，猝然离世。不过，如果他再多活几年的话，也可能会被明显不怀善意的列车，送进铺着铁路支线的建筑物。他们最后一次合作的作品《阿拉贝拉》首演于一九三三年七月，那是诗人去世四年后。不用我指出这个年份意味着什么吧？那是一个鲁钝的男子作为总统掌握政权的第一年，他将构成世界的其中一种语言破坏摧毁，将黑影洒向四方。原先定下的首演指挥和导演，因为和这个男子领导的政党唱反调而亡命他国。但作曲家却留在了国内，找到替代的人完成演出，渡过了难关。这一年作曲家的行为在后世看来非常不谨慎。欣赏《玫瑰骑士》时，我们俩并未就此有过太多交流。但只要稍微看看他的简略年表，我就忍不住叹息。作曲家在 W 辞去柏林爱乐乐团指挥时接替了他，又在次月签署了一份复杂的声明，对当时流亡瑞士的某位作家呼吁反对将瓦格纳用于政治目的的内容表示不同意见。他甚至为了填补 T 拒绝指挥《帕西法尔》所留下的空缺，出任了当时帝国音乐厅[1]的首任厅长。虽然也有维护他的声音，但还是留下了一些燃烧不尽的负面

---

1 Reichsmusikkammer，简称 RMK，是一家纳粹德国政府机构，作为由国民教育与宣传部控制的法定机构，在 1933 年至 1945 年间管理纳粹德国的音乐产业。

东西。

　　我请调整船只引擎的师傅制作了真空管功放，我们有时会用它来听《最后四首歌》。那是他在被追究战争协助责任的审判结束后写的精彩作品。我到现在还记得你听了功放的播放后脸上柔软的表情。你那对打字机声音感到疲惫的耳朵，一定被那层次丰富圆润又不嘈杂的音乐治愈了吧。那个时候，我看到了《安妮日记》的封底，它就放在装有拼贴画材料的抽屉旁边，于是我被种种复杂的想法给困住了。而为了不把这种思绪表现出来，最容易与人谈论的话题，就是《玫瑰骑士》。玫瑰骑士是指求婚的使者。在剧中起到这个作用的是奥克塔维奥，他在与情人公爵夫人的密会中，依照她的一时兴起，把自己伪装成一个女仆。他就像《费加罗的婚礼》中的凯鲁比诺一样，是具备双性美的中性存在。不忍池中出现的皱纹又多、长相寒酸的女人，说不定就是他们变装的一个分身。正因为如此，如你所观察到的那样，她想隐藏不是来撮合而是来拆散我俩的这一使者身份。如果有人连猜拳的结果都不等就被诱骗出来的话，那一定是个男人。

　　我一边按你所说的那样"赶紧跑起来"，一边偷偷期待你至少会跟着我一起到剧场的入口。怪不好意思的。因为好几天都坐在桌前斟酌那不知何时才完成的叙事诗，再加上在船上跟桨奋斗了一番，我的双腿完全使不上力，上半身和下半身各自为政，几乎无法向前移动。跑着跑着，脚还会打转。我自己都嫌弃自己，难道连在地上都站不稳脚了吗？终于跑到剧场大厅，这里挤满了兴致高涨的人群。我再次确认手中的票，一边无法相信这居然是最贵的座位，一边把它递给检票员看。然而，当我刚刚通过检票口走进去，一个穿着西装的工作人员从背后追上来。"非常抱歉，能让我再确认一下那张票吗？"我爽快地把票递给他，他说让我稍等一下，然后去大厅给某个地方打电话，他翻看着类似签到本的东西，一边认真地说着什么。在等待的时候，我折回到入口处附近，想寻找你的身影。期待你是不是躲在附近，正看着我。打完电话的工作人员又走了过来，很抱歉地说："您的票好像是假的，这个座位的观众已经入座了，出票的路径很清楚，是通过我们的相关人员送出的……"一段小小的沉默。"座位是不可能重复的，您这是在哪里买的票？"我如实相告。自己并没有付钱，而是因为偶然发生的事情，刚刚一个陌生人送给我的。工作人员也对此感到疑惑。确实，明显满座的一场演出，还企图拿假票蒙混过关，真不知是怎么想的。

也许那张纸片，是寄给我们俩的一封没有贴邮票的信。我陷入了胡思乱想中，这是不是某人为了告诉我们即将到来的不可避免的离别，而超越时空使出的策略？无奈之下走回公园，我回味着摇晃小船上那个女人过于慌乱的样子。她是心里有鬼吧？她在害怕什么吧？还是说，她要和《阿拉贝拉》诞生十年后批判政权、呼吁非暴力的白玫瑰学生们传达同一理念呢？

说到船，还有一件事应该要和你说。与《安妮日记》有关。忘了什么时候，我曾经在信中提过，安妮的藏身之处前面有条运河，河上停靠着屋形船。能听到船夫养的狗叫声，但只隐约能瞥见它的尾巴，不知道整体长啥样子。在你细致认真、宛如真人附体地给我讲述这个故事之前，那个女孩留下的文章在我心中并未占据很大的位置。将日记视作朋友并与之交谈的方法，在该逃难时没逃难，反而像猜拳时出石头一样选择躲起来，加上既隐蔽又不隐蔽的一家人的选择，她的青春期一下子增加了浓度，内部压力飙升，把未燃尽的厌恶碎片也写进了文字。这些事情都是你告诉我的。即使在如此紧迫的空间里，少女仍在努力学习，展望着将来，这些深深打动了我。令人吃惊的是一九四二年十月十四日的记述。

她记录前一天学习了法语。翻译某作品的一章，把未知的单词写在笔记本上。那部作品的标题是《尼维尔内来的美女》。在《安妮日记》的日译版中，有表示《La Belle Nivernaise》的注音假名，而这本小说以前的日译版本，则参考原著的副标题"一艘船及其船员的故事"，直接翻译成《川船物语》。这是阿尔丰斯·都德在一八八六年为儿子写的小说，我之前不知道有日译版，读过带有插图的老旧原版。因为是用平实风格写成的，所以很适合外国人用来学习语言。

　　如果没有读都德的书，我就不会知道尼维尔内的美女是怎么回事，也不会注意安妮书中的记述了。尼维尔内，现在叫涅夫勒省，省会讷韦尔。它是《广岛之恋》里女主人公的故乡，都德的书名取自内河航船的名字。不忍池、小船、《玫瑰骑士》。它们在周围盘旋着，让我想起了安妮·弗兰克的侧脸，也让尼维尔内的美女复活了。从尼维尔内想到讷韦尔，又联想到那部描写带着与德国兵恋爱记忆的法国女性的战后电影。这样一来，我不稳定的立足点就更不稳定了，在失去了你的编织线救生索后，我连话都说不出来了。《尼维尔内来的美女》应该可以被归入"无家可归的孩子"系列中被遗弃孩子的故事吧。故事从喝得醉醺醺的船长，因为喝多了酒，在巴黎旧街区收留了一个哭泣的无家可归四岁男孩开始。这是一艘空有美女命名、在塞纳河上游采购木材并在巴黎销售的老船。船身到处都在渗水，如果不赶紧修理可能有沉没的危险。但是船长要抚养两个小女儿，生活非常拮据，没有余钱来修船。然而，船长又是一个出名的老好人，迟钝鲁莽的船长，决定再给家庭添一个成员。妻子虽然反对，但看到那个男孩和大女儿很快成为朋友，船长也戒了酒开始勤奋工作，她决定接受他成为家人。男孩顺利地长大，也开始帮家里干活了。

这些事，一直都被船长的一个建造木船的木匠朋友看在眼里。这个独自生活在树林里的怪人，突然吐露了前半生的秘密，他对船长说，希望把这个男孩让给他，因为自己的孩子如果活着，差不多也该这么大了。原来过去木匠有相爱的妻子，也生了一个儿子。生活不是很困难。但是，他有个坏习惯。因为他太爱攒钱了，所以决定让刚生完孩子的妻子去当乳母，而孩子由他来照顾。这样就可以在哺乳期内赚到钱。妻子不愿意，她不想这么快离开孩子，但是男人根本不听。无可奈何之下，妻子带着婴儿去了巴黎。要成为乳母，必须要检查亲生孩子的健康状况。如果孩子很健康结实，奶量也没有问题，才会被录用。给自己的孩子喂了最后一次母乳后，按规矩母亲要把他交给"承运人"。这是当时的一种中介，他们会把乳母们的孩子代为送回家。其中也有一些坏人会欺骗这样的母亲们，把婴儿转卖给人贩子。木匠妻子托付孩子的那个女人并不是骗子一伙的，但是在车站分手后，她就不知所终。听到这个噩耗，妻子病倒了，不久便撒手人寰。木匠为了赎罪，强迫自己过着孤独的生活。说到这里，你大概能猜到接下来会发生什么。

坦白说，像这部小说中使用的"承运人"这个单词的含义，我是在都德的书里学习到的。据说在某个时期，"承运人"一次接手多个婴儿的情况很常见。一次集齐四五个。他们把还不会走路、没有血缘关系的婴儿们放进篮子里运送。会被带到哪里？还能见到母亲吗？他们像被遗弃的小狗一样依偎在一起，用还不能称之为语言的语言互相鼓励，在一路摇晃的马车、火车和船上。和你信中的五胞胎一样，为了不让成年人轻易听懂心声，也许他们是在故意延缓自己成长的过程。

不过我真没想到你竟然会提及五胞胎的故事。我们这一代人应该都记得这个，只是之前我一直都没有想起来。为那个早产儿中的早产儿女孩祈祷平安的，应该不止你一个人。就连我，听到与之同时报道的"促排卵剂"这个沉重的词语时也感到害怕，祈祷着五胞胎能一直保持五个人。但是另一方面，为什么不让他们安静地成长呢？为什么要在他们都在疲倦不堪地战斗时，做一些让他们更累的事情呢？当时虽然我还是个孩子，但仍对此感到疑惑不解。那些以报纸和电视的报道为契机，想要获得更琐碎信息的人，反而会让婴儿们的状况恶化。如果要让现在的我来说，一亿个"承运人"正在粉碎被邀请到这个世上的那些孩子形成语言之前的语言。报纸上被称为"病历"的豆腐块报道中列出的名字和体重、喝下的母乳的增减，如同天气预报宣布低气压接近的紧张气息，奇怪地浮现在报纸上。他们还没有喝奶的力气。母乳是用导管从鼻子送入胃的。生理盐水和葡萄糖的静脉注射也应该持续着。现在回顾当时过热的媒体报道，我觉得自己好像在没有配重的情况下潜入深水池的底部，试图伸手去触碰不属于任何地方的事件。我不知道他们之后发生的事情。整个国家担心的生命，随着时间稳定的推移而被遗忘了。在那期间，我感知到了自己内心不属于良心而只是被单纯的好奇心所蒙蔽的那一部分，狼狈不堪的同时，总感觉什么地方不太对劲，有无法摆脱的奇怪违和感。

　　实际上，后来我有一次更明确地意识到了这种违和感。五胞胎的风波平息后过了十年左右，有报道说可能要更改年号。从那以后，直到终老，数字就像一个没有感情的生物观察记录，以"病况"的名义被刊登在报纸上。体温、脉搏、血压、呼吸频率，还有输血量和有无便血。担心躺在病床上的人是人之常情。但是，冷淡而没有生命的数字罗列，到底意味着什么呢？你想让我从中读出什么呢？现在，我陷入一种奇妙的幻想。那种豆腐块报道难道不是为了把病床上的人交给看不见的"承运人"，让他回到本来应该在的地方而做的准备吗？这难道不是在河道的死水上漂浮的一艘船，为了把他们送到谁也够不到的封闭"后屋"而实行的操作吗？躺在病床上的那位，或是了解他心意的周围人，曾在一九四〇年通过总统的直接下属委托《玫瑰骑士》的作曲家为庆祝皇纪二六〇〇年创作乐曲。作曲家也因此获得了丰厚的报酬，这是一个不该遗忘的史实。

　　虽说如此，他的许多音乐作品却能如此打动人心。光是看我们那么期待《玫瑰骑士》，就已经很清楚了。沉入不忍池底的山毛榉白色树枝，一定是能催动善恶的指挥棒。如逃跑一般离开的女人，她与之前截然不同的快速划桨的航迹，就像是不稳定的音乐。那艘船消失在哪里了呢？它是否驶向了连通虚构与现实、现在与过去的那个看不见的洞？或者就像坐着小船进入自己所画的山水画中的唐代老画师一样，陷入了时空的循环？你是不是还记得，那天池塘的底部有几个用来捕鱼的玻璃浮球，与你的拼贴画上贴着的非常相似。看上去像是日用旧货店里会有的东西。浮球有些破损，有小鱼进进出出。不忍池是被严格管理的池子，所以那应该不是被扔掉，而是为了某种目的特意安放在那里的。它跟覆盖宇宙基本粒子观测装置的玻璃单眼破裂事故也发生了重叠。好想两个人一起听听那个庞大数量的玻璃眼瓦解时的音乐啊！那才是察觉到危机即将来临的婴儿们形成语言之前的语言，是无法数值化的声音。

对于现在的我们来说，只能对这样结束的事件进行记录。而融化偶然连接必然的唯一方法，是用像你的钩针一样的桨划船。又像往常一样写了很多废话。今天的文字猜拳游戏到此为止。天气变冷了。注意身体别着凉。

抬头眺望飘浮着气球的黄昏天空

　　贴邮票，不管在什么情况下，都是一种让人略微紧张的工作。邮票是否歪斜，边角的间隙是否恰当，胶水有没有溢出来，地址有没有被胶水弄脏，总是有太多细节需要留意，而其中最重要的还是从整版邮票上撕下其中一张的瞬间吧。

　　邮票上那些连续的圆点，就是为了让你不使用剪刀，也可以很容易地用手把它撕下来，所以一点儿都不需要担心。但笨拙的我总是紧张地手指微微抖动，因为担心自己会在错误的方向上用力，把邮票撕坏了，让那些被设置的圆点发挥不了作用。

　　我想这大概是被我小时候住的房子正对面，开着一家烟草店兼杂货店的那位女士害的。这是一个我只能用可怕来形容的女人。她坐在摆满香烟的玻璃柜后面的身影，营造出一种与其说是让客人买东西，还不如说是想告诉他们如果有任何不满就滚回家去的氛围。她从来不笑，黝黑的脸还有点蜕皮，总是因为喉咙里有痰而发出刺耳的咳嗽声。

有一天，母亲交给我一封信，让我去街对面买张邮票，贴上后投进邮筒。她说我已经七岁了，完全可以一个人完成这件事。毫不夸张地讲，我真是瑟瑟发抖。当我试图弄清楚自己是否做错了什么而需要受到这样的惩罚时，母亲提出了一个狡猾的交换条件。如果我能出色地去帮忙跑腿，就可以在街对面买一块口香糖。

口香糖。就是那种包装纸是浅蓝色、桃红色或黄色的，水果味的，朋友只让我闻锡纸味道的，妈妈说会蛀牙绝对不会给我买的，口香糖。只要嚼着它，就能让自己感觉成了大两三岁的姐姐的，那帅气的口香糖。

最终，我没能抵挡口香糖的诱惑，去跑腿了。

"邮政编码写好了吗？"

当我买邮票时，女人突然从意料之外的方向凑过来。她那种断定孩子会惹麻烦的语气让我开始有点慌了。

"字迹敷衍了事蒙混过关可不行，空着更不行。寄不到的。"

我没有回答她，小心翼翼地把信封递到了玻璃柜台上。柜台是圆角的，并且向外倾斜，对一个孩子来说太高了，如果不踮起脚尖，就没法把信递到女人的手上。地板是粗糙的混凝土，阴森森的感觉从鞋底爬上来。

"啊，写这么大。"

她用很不满的语气说，好像对此很不高兴，尽管这明明符合她的要求。老实说，我不太清楚邮政编码是什么，但我还是很感激我的母亲把它正确地写在信上。

"喏，拿去。"

她从身后那有很多小抽屉的柜子里拿出来的邮票是什么图案，我已经记不清楚了。应该不是什么特别罕见的样式。

表面光滑平整，边缘稍有点朝里卷。端庄、纯真、干净。无论看起来多么单薄，它都充满了与金钱同等价值的自傲感。我必须从那里撕下一张来。女人牢牢地盯着我的手。连一瞬间也没有转移视线的迹象。女人知道，眼前这个柔弱的小孩子第一次独自被留在外面的世界里，即将向她从未去过的远方寄出一封信。当然，那里没有温暖守护的仁心，只有等我一犯了什么错误就马上会被纠正的傲慢。我不需要跟她对视，指尖就能感受到她的凝视。

纸质意外的结实、齿孔毛糙的触感、玻璃柜里排列着的香烟盒上陌生的字母、女人的呼吸声、外面街道上汽车驶过的声音，一切都让我手忙脚乱。一直踮着的脚尖麻痹得失去了知觉。我捏住整版邮票的一角，盯着第一个小孔，指尖用力。

就在那一刻。不知是预先计划还是巧合，女人咳嗽了一声。那是世界仿佛一瞬间被撕裂般的、粗俗到刺耳的咳嗽声。世界都被撕裂了，我的邮票被撕破了也是没办法的事。

现在想想，邮票只是缺损了一点点，没有什么大问题，但是对当时的我来说，仿佛一切都毁了。咳嗽的余音一直在耳边挥之不去。我做好了挨骂的准备，用指尖拨弄着，想要稍微掩饰一下破了的地方蒙混过关。可是女人一直沉默着。明明眼前就有痛骂我的理由，但她却沉默着。

我瞬间顿悟了。一定是因为她知道贴着这样破损的邮票，信是寄不到的。她一定是知道这封信会丢失，故意不说话，在心里幸灾乐祸，……渐渐地，咳嗽的余音幻化成那句"寄不到的"，振动着我的耳膜。

那再撕一张不就行了嘛，但当时我还是个孩子，根本不可能这样机灵。我低着头，以免跟女人有眼神的接触，用湿海绵溶化邮票背面的糨糊，把它尽可能贴在了信封的边缘，试图稍微掩饰破损的地方。我们之间沉默仍在继续着。看起来没有其他顾客要上门的迹象，而那些香烟也依旧露出冷淡的表情。我慌乱地走出店里，把信封塞进旁边立着的邮筒，然后逃回了家。沾上糨糊的指尖黏糊糊的有点恶心，我还清楚地记得。

　　当然我什么也没对妈妈说。我无法确认那是一封写给谁的、什么样的信。如果是一封对我们一家有重大意义的信该怎么办呢？女人的阴影折磨了我好多个晚上。因为邮票破损而无法到达任何地方，漫无目的游荡着的那封信。等待着应该到达的话语，一直等不到回音，不知所措的那个人。擦肩而过的，扭曲的想念。无依无靠地在空中飘浮，被雨淋着，随风飞舞，褪色的信封。仍然贴着那撕破的邮票……

　　自己的这个失误，终有一天会造成无法弥补的损失。我对此深信不疑，一直恐惧地等待着决定性审判到来的那一天。夜里当我闭上眼睛，为了惩罚我而出现的，不知为什么，不是妈妈而是那个女人，但我也没余力去想这事有多不合理。

只是反复说着"对不起，对不起"。可怜的，小小的我，甚至没有意识到自己忘了买口香糖。

货船邮票没有破损吧？不歪不斜，糨糊也没溢出来，好好贴在合适的位置上了吗？

年幼的我投进烟草店兼杂货店门口邮筒里的信，后来去了哪里？是送到了正确的地方，还是仍在什么地方漂泊？说不定那个信封里有一张歌剧票。太好了，最终什么也没发生，我终于能放心了，然后才开始懊恼忘记买口香糖的事，不知不觉这件事在记忆中慢慢淡化，但那个女人却没能放过我。她在因咳嗽而被撕裂的世界的裂缝中偷偷地塞进来一个信封，以我预想不到的方式再次袭击了我。

"寄不到的。"

正如她所预言的那样，这封信花了这么长的时间，终于被退了回来。

这样想的话，玻璃柜台后面的女人和坐在小船上的小个子，虽然说话方式截然不同，长相仪态却可以说很相似。当然，那张票是掉在湖里的那张，还是交到你手上的那张，我并不清楚。

安妮在藏身之处仍然努力学习的事实，我想是值得尊敬的。虽然她偶尔也会说出"让人恶心的数学题"这种粗俗的抱怨，但已足以证明弗兰克一家是以只有学习才能通往未来道路为教育方针的。

安妮他们借着援助者的身份接受了函授教育。他们被带走后，曾把自己名字借给她姐姐玛戈特的女性办事员收到了一封信，信上说："你这么优秀，半途而废太可惜了，请一定坚持下去。"这是安妮故居中最感人的展品之一。

一九四二年十月十四日星期三，安妮写信给基蒂，说她正在用《尼维尔内来的美女》（我没有意识到这是一个关于水和船的故事……）作为课本来学习法语。同一天，她的日记中还记载了另一件重要的事情。

"玛戈特问我以后能不能给她看我的日记，我回答说'好啊，就看一点点的话没关系'，我随后又问，作为交换我能不能读姐姐的日记？"

玛戈特是个聪明而内向的少女。她与大人们的争吵，与安妮的叛逆保持距离，从来不惹麻烦，这样的玛戈特不可能没有写下内心的想法。她一定也有和红色格子日记本一样的秘密笔记本。它到底去了哪里？也许它会显示出与安妮描述的密室截然不同的景象。如果里面有一封无法寄出的写给男朋友的信，没有人会感到惊讶吧。

在同一天的日记中，有一个有趣的附录。记载了藏身之处所有成员的体重。安妮三十九公斤。玛戈特五十四公斤。光看这个数字就能体会到，这对只相差三岁的姐妹正处于架设于成人和儿童之间桥梁上微妙的位置。而且这个差距是决定性的，无法忽视。此时，安妮十三岁，玛戈特十六岁。因为还保留着孩子般的纯真，所以是能够以激烈的方式反抗大人的妹妹，和即使是勉强自己也不得不假装长大的姐姐。当我翻开《安妮日记》时，不得不被隐藏在书页背后的，虽然内向，但深思熟虑的另一本日记所吸引。

被"承运人"带走后和亲生母亲分离的孩子。贴着破邮票的信封。伪造的门票。写给死者的来自函授学校的信。对虚构的朋友基蒂写的无数的信。隐藏在阴影里，从未被人看见的日记。穿过一切的中微子……我们所处的世界，充满了要去却无法到达的目的地，永远迷失了路途的事物。

我很怀念地想起，你是这么热爱音乐但却五音不全的事实。你只会唱一首歌，《昂首向前走》。但我喜欢你的歌声，它听起来像是用一个没修好的功放播放的。

顺便说一句，你还记得"无言的惩罚"吗？每次我在吵架后就不跟你说话，你把它叫作"无言的惩罚"。不管什么情况，你都让着我不再反驳。当然反驳了也没有意义，因为惩罚的手段也只是不说话，你用理性做出了正确的判断。也就是说，除了等待我的心情好转之外，没有别的办法。

吵架的原因我大部分都不记得了，但有一次还忘不掉，因为它和你的身体有关，愤怒的程度也不能跟其他的相比。你的睫毛的边缘，也就是眼睑上，有一个跟麦粒肿看起来不太一样的肿块。它比麦粒肿要柔软，里面透出半透明的粉色，你眨眼的时候它就跟着抖动，是个有奇异美感的肿块。它让人感觉很危险，似乎稍有不慎就会被弄破。

"不要碰它哦。"

我很严肃地对你说。那时候，不管怎么让你早睡你都不听，因为太专注于打字才会疲劳至此。

"如果被感染的话就糟了。"

肿块里充满了半透明的物质，藏着像有毒水母一样的邪恶。如果肿块破了，并渗入你的眼睑……我的想象越来越膨胀。但其实，在我脑海中的某个地方还潜藏着这样的愿望，我要尽可能长时间地凝视着你身上这美丽的一部分。

没想到你还是不经意地揉了揉眼睑，轻而易举地把肿块弄破了。而且，你明明很疼却强忍着，看起来好像还很高兴能从这件讨厌的事中解脱出来。

那次创下了"无言的惩罚"的最长纪录。果然，眼睑肿起来了，你的一只眼睛被完全遮挡，并陷入了手术、抗生素、眼罩等一大堆麻烦事里。我一想到自己完全有生气的理由，就更不想让步了，惩罚的时间也越拖越长。

但让我在这里老实地承认。我当然很关心你的眼睛，但在另一层面上，我其实是希望由我自己来弄破那个肿块。我被一种幼稚的愤怒所占据，因为你没有我的许可，而且在我没看到的情况下，擅自把它弄破了。

我看到的时候，肿块内部已经被眼睑吸收了，或者是蒸发了，不见踪影。除了稍微弄湿睫毛的痕迹之外，那些可爱的胖胖的隆起、透光的外膜、令人揪心的抖动、扩展到睫毛根部的边缘，全部都消失了。你还记得它破裂时的感觉吗？那些透明的不知是什么的东西，也是粉色的吗？

每次你都在我原谅你之前就投降了。当你再也无法忍受沉默的时候，你首先脱口而出的不是一句话，而是一首歌。那首歌当然是《昂首向前走》。

你不会像别人那样，粗暴地突破忍耐的极限。你会瞄准没有出现在我视线范围内的一个缝隙，以让我觉得是幻听那样不经意的方式，以及像是试探自己能否把握好音准那样缺乏自信的轻声细气，唱出第一个音符。同时仿佛在宣告，不说话和开口唱歌之间并不矛盾。最初的两小节或三小节，我假装没注意到。像往常一样，你的音很不准。拍子也摇摆不定，唱到低音时嗓子发紧，高音又唱破音。也许是因为眼罩还没摘下来吧，歌声听起来更危险了。我不由得转过身，犹豫不知该做出什么样的表情，只好先叹了一口气。

"一个人孤独的夜晚。"

为什么《昂首向前走》的最后是这一句呢？你不觉得自己很狡猾吗？你肯定知道我小时候养的虎皮鹦鹉名字就叫"小孤"。小孤有令人难以置信的漂亮叫声，总在我一个人孤独的夜晚安慰我，当然被邮票事件吓到的那天晚上也是。我不得不认为，你是故意选这首歌好让我想起它。

最后一个音符沉入寂静的深渊。我鼓掌了。你为我唱了一首歌，我表示敬意是正常礼仪。这掌声代表着宽宥。无言的惩罚就这样，结束了。

我现在正努力回忆被浅粉色液体打湿的到底是哪只眼睛。是在为寻找妈妈的生日礼物时被松枝弹伤的左眼，还是被爆炸碎片划伤的右眼。但不知为何，我想不起来。

如果在下次轮回转世时，可以提一个任性的要求，我希望成为一个擅长唱歌的人。我经常把你五音不全的事拿出来说，但是只要你反问"那你又怎么样呢？"，我就没话可说了。我有时会非常羡慕那些歌剧演员，他们只用自己的身体就可以吟唱出任何乐器都不能模仿的歌声。他们的歌声穿过所有语言，直达藏在内心深处的洞穴。只要我拥有了美丽的歌喉，我也能触摸到别人的，触摸到你的，洞穴。我做着这样的梦。

获得了无与伦比的歌喉，我将成为一个吟游诗人。当然我唱的是你写的诗。在广场和十字路口，在酒馆和树荫下，当婴儿出生，当月亮落下，当阳光明媚，当纷争四起……所有的重要场合都需要吟游诗人。这是一项永远不会消亡的工作。它甚至存在于奥斯威辛。

从集中营生还的人普里莫·列维的书中就有这样的记述。

他是意大利山区抵抗运动的一名成员，被法西斯军队抓获后，因为暴露了自己的犹太人身份，于一九四四年二月被送往奥斯威辛集中营。有一天，傍晚的供餐早早地结束了，一个吟游诗人从营房的小门走进来。当他坐在床铺上，开始用意第绪语吟诵四行诗时，人们很快就聚了过来围成一个圈。诗中穿插着集中营生活中的各种琐事。每个人都静静地倾听着，歌声中充满了达观与忧愁。曲终之后，听众们会拿出一撮烟草或一卷缝纫线作为回报。

被剥夺了人作为人的一切，即使在寒冷、饥饿和对死亡的预感中发抖，却仍然没有失去渴求诗歌的心，这个事实让他呆呆地伫立在那里。起初，我甚至怀疑列维是不是产生了幻觉。但他不可能写出如此荒诞的东西，因为他是一个试图以曾在都灵大学理工系学习的化学家的视角记录自己经历的人。奥斯威辛曾经有过吟游诗人。被夺走一切后将所剩无几的东西奉献给诗歌，这样的人，是真实存在过的。

在没有足够暖气和灯光的营房角落里，我将吟唱。周围的人因营养不良而眼窝深陷，但瞳孔深处的光芒还未消失。为了不搅扰黑夜的寂静，我把声音压得低低的，然而歌声依然迅速传到营房的各个角落。连那些躺在床铺上衰弱到无法动弹的人也在倾听着。你的诗句，响彻内心深处的洞穴，那里藏着任何邪恶都无法夺走的东西。

如果一个人被夺走了头发、鞋子、行李、家庭、过去和名字，可还能给予他人一些什么，那么现在的我，也能成为某人的吟游诗人吗？

我到现在还想不明白，自己是为什么会想出"无言的惩罚"的。因为沉默是我们再习惯不过的事，根本不可能构成一种惩罚。只要想想在工作室和衣橱里，我们彼此都度过了多少无言的时光，我的愚蠢就更加明显了。还不止这些，最奇怪的是，我明明非常喜欢与告诉我世界秘密的你互相对视、沉默点头的那一瞬间啊！我那么做真的很奇怪。

"只有你，轻易地看穿我的内心世界并接纳了我。"

这话送给我真是过誉了。我很明白，自己的声音还没能传达到你的洞穴。光是看到你信中所写，将这么多事物都联系到一个水系的事，就震惊了我。但在感到高兴的同时，随着这一封封的信，我也越来越清晰地知道，无论我如何努力划动船桨也无法抵达你内心洞穴的事实。在洞穴最深处，有一个由岩石中渗出的水滴形成的湖泊。湖水如此清澈，以至于让人错以为是飘浮在空中的湖。

但我清楚地知道，你是如何在那里焚烧"能清楚捕捉到轮廓、容易了解的部分"的。那不是吞噬所触及一切的自命不凡的火，而是默默照亮黑暗虚空的篝火。是的，是接近于无言的火。火焰抚摸着岩壁，每时每刻都在改变颜色，没有风却危险地晃动着。落在湖面上的每一个水滴，都映照出它的摇曳。

恶与善，平等包含这两者的火焰，是多么神秘啊！当我凝视时，会想起被歌剧咏叹调的一个音符施了魔法、仿佛被吸进去的那一刻，还有担心再也回不去了的恐惧。当我在工作室下方狭窄的衣橱里编织时，照亮我手的，一定是你的篝火。

你考小型船舶驾照的事，我还清楚记得。你没有被任何形式的考试困扰过。不仅如此，我甚至可以断言你喜欢考试。从我的角度看，你是那种令人无法想象的稀有品种。

特别是那种有等级和分类的，具有不同级别的公共考试，似乎总在鞭策着你。二级之后是一级，二类之后是一类，只要还有更高级别的测试，你就不会停止脚步。但令人难以想象的是，充满好胜心的你，在跟我玩集中注意力游戏、连环锁或黑白棋游戏的时候，总是很快就败下阵来。

而且你不仅偏爱考试，还是个逢考必过的人。如果你去考飞机的驾照，也一定能合格。我可以保证。毕竟你可以如此轻松地驾驭船桨。

我作为礼物送你的拼贴画只是为了好玩。也可以说是对约瑟夫·康奈尔厚颜无耻的模仿。把世界收藏在邮票里的唐纳德·埃文斯和把记忆收藏在箱子里的康奈尔，这两个人应该是住在同一个岛上吧？但是我自说自话地断定，他们大概没法成为朋友。坐在公园的长椅上，单手拿着从自动贩卖机里买来的太甜的巧克力蛋糕，没有交谈，只是倾听着鸟叫……每一个看到他们身影的人，都会很快判断出他们是彼此的陌生人。

关于康奈尔，我最喜欢的一段轶事，是在他还年轻时曾经爱上了一个电影院售票处的女孩。虽然一生都没有结婚，但在他的传记中却意外地有很多关于爱情的记载。然而，爱情对康奈尔来说是一种非常奇特的心理状态，他与世人普遍的认知不大相同，售票处的女孩那次也不例外。

康奈尔从远处看着女孩，她坐在一个小玻璃亭里，快速地卖着票。只要经过她身边，康奈尔就会感受到心跳加速。

"一张。"

把脸凑近窗口，他只说了这么短短一句话。她有没有说什么？大概是沉默了吧。他们俩在买电影票时的交流只持续了十几秒钟。所以这就是为什么，递零钱的瞬间，指尖是触碰还是不触碰，对康奈尔来说是个重大的问题。即使少女的眼睛里没有男人的身影，只要有那一瞬间，他就能把亭子里的她完整地收藏到自家地下室的箱子里。

最后，康奈尔带着一束鲜花出现在售票处，并试图将花献给女孩，但是却被误认为携带枪支，而被管理人员制服。康奈尔一定反复考虑过，到底要怎样，才能在最多只能交换电影票和硬币的售票窗口递上花束呢？据说，那个女孩尖叫起来。在小小的玻璃亭中，那尖叫声无处可逃，在余韵平息后还会卷起漩涡，牢牢地困住她。

康奈尔只爱困在盒子里的美，不善于和活人打交道，但取而代之的是，他很擅长和死者对话。如果这样的康奈尔和我相遇，会送我一束鲜花吗？我独自一人无聊地幻想着。现在，无论如何都只会出拳头想把手中的东西关起来的我，被困在重力箱里的我，我想康奈尔一定会爱上这样的我。

每次都不知道该在哪里收尾，一不小心又写得太长了。

我很抱歉。请不要感到厌烦。

　　在不知何处传来婴儿哭声的黄昏里

　　贴邮票其实还真有点难度呢。年幼的你，第一次帮忙跑腿的那份紧张感跃然纸上，像一篇生动且有着忧伤回味的短篇小说。我的家乡也有那种又卖香烟又卖杂货的小店，但都不是标"香烟店"，而是"烟纸店"。我试着在脑海中再现当时的街道，在和朋友们骑自行车穿行的有限行动范围内，有几家离得很近的更像是杂货店的烟纸店浮现在眼前。它们不仅卖香烟和邮票，还摆着杂货和点心。那些店现在不知道还在不在，离家最远的烟纸店门口，并排放着两台用硬币代替弹珠的弹珠机，为了赢，我每天都和朋友来这里光顾。店后方墙上的木架子上，除香烟外，还摆放着其他基本生活用品，商品之间的空隙很大，上面都有一层薄薄的灰，看上去完全不像卖得掉的样子。也许这是为了吸引孩子们聚在店里买零食，是种很老旧的不紧不慢的生意经吧。

街上任何一家烟纸店的柜台后面，都无一例外地坐着一位大妈或者阿婆，那家店也是这样。奇怪的是，她们都长得那么像，简直让人怀疑她们都是亲戚，像纸捻子那么细长，瘦弱而不可靠。难道因为做同样的工作，长相也会慢慢变得相似吗？长大后我才了解到，原来这是战后的一项政策，为了帮助那些失去丈夫的寡妇生活。有一些法律上的安排，使这些人更容易被指定为专卖公司的香烟零售商。记忆中烟纸店和大妈阿婆连在一起的记忆终于得到了解释。至于店铺的格局有差异，估计是启动资金不同吧。除了那种让你感到害怕的上面为了防老鼠而向外突出、边角又变圆的柜台，还看到过直接把木架嵌在面向街道的墙壁上，感觉像电影院的售票处一样的。不过不管哪一种布局，所有的设置对孩子来说都略微有点高。

买一张邮票贴在信封或明信片上，扔进邮筒。如果我说羡慕你能被派去做那样的大冒险，你一定会生气吧？实际上，我一直到挺大年纪，都没在街上的烟纸店买过邮票。我被分配的任务是到离家最近的店去买招牌上卖的东西。很遗憾，我不太记得第一次跑腿时是怎么样的了。牌子永远都是同一个。没有透明外封膜的浅绿色纸盒子上，三个平假名字符以一种独特的平衡感被描绘出来，是有点古朴的设计。我非常喜欢这个烟盒的外观，它看起来像是可能装着糖果的样子。甚至想不要拆开就整包摆在那儿作为装饰。有时叫我去买其他牌子时，总觉得好像被背叛了。有时不是一包两包，而是买一整条。也许是父亲事先和店家说好了，我说要个大的，她就毫不怀疑地给我了。如果是特殊的年代，整条烟可能会被拆开去黑市卖掉。虽然和店里的大妈很熟了，但我们几乎没说过什么话。

那个烟纸店的柜台正如你所描述的那样。即使在炎热的夏天，玻璃柜的顶部摸起来也是凉丝丝的，感觉很舒服。买整条烟是用纸币，平时就是零钱。我把放在口袋里的硬币拿出来伸手交给她。大妈的手细细长长，和纸捻子脸又不一样，零钱落在皱纹交织的掌心后，她就会把香烟从玻璃柜里拿出来，平放在柜台上，然后从柜面上嗖的一下滑过来。支付是用手接的，但不知为什么找零却不直接递给我。难道是有这样的规定吗？大妈把零钱扣在玻璃上，像棋子一样发出很响的"咔哒"一声。不知为什么，我觉得这是一种特权的声音，只有大人才被允许听到。

那家烟纸店当然也卖明信片和邮票，店门口立着红色的圆柱形邮筒。如果我父母也叫我这样做，我就可以和你一样跑腿买邮票，把它贴在信上投进邮筒，但是那个机会最终没有到来。不过有一次，我在完全不知道有什么用的情况下被派去买了印花税票。只有那一次，我看到放在大妈才够得到的地方的浅抽屉被打开。大妈把那张虽然长着邮票样子却不是邮票的奇怪纸片放进一个扁平的半透明袋子里，告诉我它很重要千万不要搞丢了。我不知道是该高兴还是不高兴，心情很复杂。我后来喜欢上了邮票，并最终把收集重点集中在船舶相关主题上，可能就是源于我没能经历像你一样的通关仪式而心存逆反。作为爱好收集的邮票，和之前的印花税票一样，与移动毫无关联。我喜欢那种因不使用而产生的不自由，把它们整理保管在贴着蜡纸的集邮册上，用平头镊子轻轻地夹起。这种无视邮票本来使命的游戏，如果需要什么正式资格的话，像我好胜心这么强的人，一定会通读国内外的目录来全力备考吧。不过话说回来，你遇到的那个兼卖香烟的杂货店女人，为什么不自己撕一张给你，而是特意让小孩子从整版上撕下来呢？难道是她看穿你指尖最终拥有会编织精致织物的才能，所以刻意对它们进行考验吗？换作是我，我想我可能会因为过于兴奋而手心冒汗，把邮票背面糨糊都给溶化。如果漂亮邮票还没撕下来就粘在手上的话，那一定会成为我的心理阴影，以至于不会去集邮了吧。幸运的是，在我的集邮册里，那当初为难过你的整版票还是以整版的样子收在那里，没有被撕开。

在你的信中，最让我高兴的是"用湿海绵溶化邮票背面的糨糊"这一段。突然，我想起了在湖畔的家中被你处以"无言的惩罚"的日子（这么说来，糨糊的"糊"和"湖"的字形多像啊）。当我不写作的时候，就沉迷于船只，甚至在屋顶上立了无线天线，还设置了使用通信用真空管的无线电机，不停地收听船舶气象报告。它有比一般气象报告更详细的、围绕着航标灯塔周边的循环气象播报，仿佛在朗读长篇诗。你还记得那些夜晚吗？我们一起坐在沙发上，用从二楼搬来的单声道扬声器收听这个广播。报一圈大约要一小时。那不仅仅是信息，也是音乐。提前打开电源，让真空管充分预热。家周边的天气很稳定，已经确认信号也处于比较容易捕捉的状态。在固定的时间把频率调到一六七〇点五千赫，可以听到从遥远地方传来模糊的女声。我稍微探出身子。你静静地把身体靠在椅背上。"各塔台，各塔台，各塔台，这里是宫古岛，宫古岛，宫古岛，海上保安厅，通报西崎灯塔，平久保崎灯塔，以及池间岛灯塔的气象状况，时间十九点五十五分，西崎灯塔，南风，五米，气压，一〇一二毫巴，平久保崎灯塔，东南风，四米，气压，一〇一二毫巴，池间岛灯塔，东南偏南风，五米，气压，一〇一三毫巴，结束。这里是宫古岛，重复，时间十九点五十五分，西崎灯塔，南风，五米，气压，一〇一二毫巴，平久保崎灯塔，东南风，四米，气压，一〇一二毫巴，池间岛灯塔，东南偏南风，五米，气压，一〇一三毫巴，结束。这里是宫古岛，再见。"

刚开始听这个广播的时候，我们就像在上地理课一样，把地图放在旁边。她念的那些地名无法立刻转换成汉字。后来，我先用铅笔在笔记本上用平假名记录，之后查询并记住它们的标识。在提到过的灯塔上都做了记号。宫古岛、庆佐次、都和井、足摺、室户、大阪海港雷达、潮岬、大王、石廊、八丈岛、野岛、犬吠、金华山、鮏崎、尻屋……这差不多是总数的一半。我对电车车站和去湖区的巴士停靠站都糊里糊涂的，但是跟船舶相关的地名却能流利地说出来，你目瞪口呆地看着我。"石廊"是哪两个字？是石头的"石"和走廊的"廊"。"鮱"又是哪个字？鱼字边加个"毛"，就是那个字。看，这个海角就是鮱崎。襟裳、钏路、芽岛、若宫、上对马、萩三岛、多古鼻、越前、舳仓、淡岛、入道、龙飞、积丹、烧尻。像密码一样神秘的词语响声持续着。对塞壬女妖的禁忌之声，我们自愿采取了"无言的惩罚"。各塔台，各塔台，各塔台……还有那像从没人见过的幽灵鸟的叫声。这里是，大王，大王，大王……每一轮播报结束之后，都会插入一句，结束，再见。是在哪个时刻呢？大概是播到上对马附近，你冰凉的指尖突然触到了我的手。像冰一样冷，但却很温暖，跟平时一样的触感。手在微微地颤抖着。担心是不是身体受了什么邪气，我握住了你的手，颤抖稍微平息了一点，我开始后悔，早知道不该让你听这个的。我知道你对特定音域有敏锐的女巫般的感受力。你无声地哭了。结束，再见，到底要重复多少次？有多少航标就有多少次。每次都必须说再见吗？这是规定。是谁规定的？是政府机关，海上保安厅。海上安全该是神的管辖范围吧，不是吗？是的，没错……我什么也没说，又陷入了沉默。那是在旧时代。气压单位从毫巴变为百帕是在这之后才发生的。太难过了，你哽咽着。结束，再见，一再重复这句话太令人悲伤了，就像是在对整个地球说再见一样吧，即使需要这样，那在最后说一次不就够了？

我心头一震。其实我也考虑过同样的事情。没有感情的"波浪"，一个用机器发出的声音确实很适合宣告世界的终结。在我们出生那会儿，为了修复太阳的异常，有一个少年机器人牺牲了生命。排开行为本身的价值判断，想起背负整个地球重任的他，也是从黑白世界的底部，发出简短的告别，一次次重复着。结束，再见。不是从海的那边，而是来自海岸的那个声音，让人感受到过于悲凉的深沉情感。

*

我本来想写什么来着？想起来了，你把邮票沾在湿海绵上溶化背面的糨糊的故事，让我想再说另一件事。我自己虽然没买过邮票，但从烟纸店前经过时，常常会看到买邮票的人。通常都是男人们。他们用舌头去舔大妈拿出的邮票。不仅是一张。是两张或三张。也有人把它放在舌头的中间不拿下来，慢慢润湿它。这样可能有助于背面的糨糊均匀地溶化。这一步他们做得这么仔细，但到了把邮票贴到信封或明信片上时，却很潦草马虎地随意一贴，明明大妈也没有咳嗽吓他们。他们啪一下子贴上去，然后用手掌砰砰一拍。甚至还没等它干透就扔进邮筒里。结束。再见。看到他们那种把舔邮票看得比贴邮票更重要的样子，不由得让人担心，万一邮票背面涂了毒，他们也会发现不了继续舔吧？话虽如此，当我在旅途中买了明信片，当场写了两三行问候语并投入邮筒的时候，也会因为手边没水，很自然地就去舔邮票了。平常看不惯的举动，不知不觉中自己也有样学样了。这大概就是世人所说的成长吧。

　　但是，是用蘸水还是用舌头舔，对邮票，对寄信的感觉是会有差别的。虽然你说你当时很紧张，但是幼小的你却很冷静。你的目光准确地找到了海绵，并且意识到那是溶化邮票背面的糨糊用的。这种即使陷入恐慌，也能很快恢复沉着应对的态度，的确就是你的风格。而我正好相反。把肿块弄破这种事情，可以说对于我就是日常。某一年冬天，你曾经爱怜地看着手指上被柴火炉烫伤形成的水疱吧？可是如果在黑暗中摸到那个水疱，你无法明确地感知它不是我的，而是你的水疱吧？即使里面是从你身体里渗透出来的体液，也不会觉得它只属于你吧？麦粒肿也好，水疱也好，都是在自己身体表面却属于外部领域的现象。有种不属于任何人的、飘浮在空中的违和感。违和感一旦有了形状，就会像那样突然爆裂。你说得没错，像我们这样毫不抗拒沉默的人，把自己的身体潜入特意设置的无言水疱里是很奇怪的。我们内心早该存在着摩尔斯电码，当我们到访每一座心情的灯塔时，可以不用自己的声音而用接收器发出的声音来代为播报那里的气象情况吧。风向变了，风力减弱，海浪也变得平静了。我们预见了这些，只要播放现实的气象广播就行了。

可是话说回来，你一定无法想象，我们之间经过长期的现实沉默后，我从这书信交流中获得了多大的鼓励。你的信，文体总是以稳定的节奏淡淡地排列着字词，很难相信它是根据你的口述请别人记录的。对我而言，你的文字是在伸手不见五指的黑暗中听到的灯塔广播。是我倾听听不见的声音的手段。如何在不舔也不贴邮票的情况下寄信？你给了我答案。除了《昂首向前走》——唱这首歌的人在飞机事故中去世的那一天，我对"孤独"这两个字有了前所未有的深刻理解——之外还有一首歌，我再跑调也不会低着头唱的歌。这首歌我唱得还行，所以可能不在你的黑名单上。我现在没法唱给你听，所以把歌词写成文字。你可以在脑子里播放一下。

白山羊呀，来信啦

黑山羊啊，读也不读就吃啦

没办法呀，写信问

刚才的信里，

都写了啥

黑山羊呀，来信啦

白山羊啊，读也不读就吃啦

没办法呀，写信问

刚才的信里，

都写了啥

　　这是窗·道雄在一九五一年写的一首诗，我是把它作为童谣传唱的那一代人。你大概也是吧？山羊吃纸。这是经常听到的故事。但是，黑山羊真的没有读白山羊写的信吗？有没有可能，其实黑山羊把白山羊用心写的信读了两遍、三遍，几乎都能背了，把全文记在脑子里了，却故意假装没看信呢？

　　"刚才的信里，都写了啥"

　　这个问句只是回信的一小部分，假装说虽然我没有读，但你是不是写了什么啊？刚才的信让我不小心吃掉了，所以能不能再写一次寄给我呀？是不是就这样很戏剧化地催促对方再写一次呢？以前总感觉这首诗像是无限的循环往复，几乎接近莫比乌斯环。但现在的我忍不住想，这两只羊应该能一字不差地说出彼此来信的内容，但它们用这样的方式，希望尽可能多地倾听对方的声音，也传达自己的感受。

你信中所说的，安妮·弗兰克的姐姐玛戈特也写日记的事刺痛了我。专家说这对姐妹最终也没能给对方看自己的日记是吧？安妮的日记是她被"移送"时掉出来，被"后屋"里的女性捡起来保管的。那玛戈特的日记呢？是想带走而被没收了，还是以非常隐蔽的方式来写，藏在什么地方了呢？安妮的文字被传递到我们面前，玛戈特的却消失了。每次想到她那本从未送到任何地方的日记，我就想回到白山羊和黑山羊之间的循环对话中。那对姐妹装出不知道刚才信里写了什么的样子，实际上可能一直在看彼此的日记。放进大脑里，这是最安全的保管方法了。随着其他通信手段的兴起，船舶气象报告已经在不久前停止。就像广播所使用的文案，结束，再见。不过我仍然相信，在那个让你落泪的嘈杂声一再重复的句子里，曾经有且现在仍然有将无法传递的事物传递到目的地的力量。

*

货轮邮票贴的位置很完美。不愧是跟康奈尔学的。左右的留白也无可挑剔。在你以往的拼贴画里也很好地体现了这种感觉。那些没有送达的信，那些被送来的信，那些差一点寄到又被退回来的信。最无聊的是直接面交的信，在这一点上我们的意见完全一致。当然，也有不敢看对方的脸匆忙交给对方转身就逃跑的，总之一旦"距离"被抹去，信件所拥有的最大力量就会消失。话都这么说了，所以我也从来没有亲手给你递过情书。

说起来，普里莫·列维留下的工作，在某种意义上可以说是一封完美送达的信件吧。《山羊的信》中所具有的哲学性的悲哀或是《昂首向前走》里的哀伤都让人很珍惜。二者的共性是，它们把是否能寄到这件事托付给潮水，并被一种对不确定的渴望所支撑。关于漂流瓶通信，我们已经在信里谈了好几次，如果捡到那个的人用同样的方式做出回复，恐怕会陷入超越时空的《山羊的信》那样循环往复中吧。幸福与否姑且不论，要打破这样的循环往复走出去，可能就需要一个"竭尽全力的告别"。这不像你心爱的"小孤"或康奈尔，而是像那首关于真正的一个人孤独的夜晚的歌里唱的那样，我们能轻松地说"幸福在云端之上，在天空之上"吗？本来昂首就是为了忍住眼泪，孤独是它的前提。我们能像那个能量来自原子的少年机器人一样，把悲伤带到更高的地方，带到月亮和星星的影子里吗？

在恶棍们把我们紧紧地塞进犹太人居住区之前

比海乌姆诺更早，比贝乌热茨、比波纳利更早，在我们临终之前

那是战争开始不久的事，我依然还记得，当我们在街上遇到朋友出来吃饭

便会互相垂下眼睛不敢抬头，只紧紧地、更紧紧地握着手

嘴唇不说话，眼睛也一样，没有语言的交流……眼睛是恐惧的

昂首朝上看……眼神会用明确的语言告诉你预感到的事情……

这段文字，引用自伊茨哈克·卡采尼尔森的《被毁灭的犹太人民之歌》中的《第七首歌》。想起你在沙发上哭的那个夜晚，我把你的手握得更紧。我想起了那闭着的、要闭着的眼睛。岂止是孤独，像我这样孤独透顶的人，不用语言交流可能代表了另一种语境。安妮的姐姐玛戈特给后世留下了沉默。眼睛明明害怕"向上"，却被这种恐惧的魔力所吸引。

　　我们不再见面的时候，有一年夏天，我在从罗马时代就开始以矿泉和硬水闻名的法国小城度过了几个星期。那是一个叫维泰勒的疗养胜地。我记得从疗养的旅馆寄了一张画有矿泉治疗淋浴间插图的明信片给你，但最后好像没送到？当时的另一个选择，是第二次世界大战时亲德政府所在的维希市，但我想在规模更小的地方安静地疗养。顺便说一下，维泰勒在一九四一年五月至一九四四年九月间设有一个纳粹德国的集中营，这一点似乎并没有引起太大的关注。这是一个稍微有点特殊的集中营，为了确保与敌国交换被俘虏的德国人，当时这里聚集了从英国、加拿大、荷兰以及拉丁美洲各国来的约两千名女性人质。他们收编了一家豪华旅馆，在其周围用三重带刺的铁丝网围起来，营造出一种阴森的氛围，但同时食物供应充足，通信也很自由，出乎意料地很舒适。

但是，在一九四三年一月，这里又来了三百名犹太人。这是被从德朗西的集中营、苏联和波兰带来的比较富裕的犹太人。其中有写了之前提到的那首诗的伊茨哈克·卡采尼尔森。他的大儿子也和他在一起。二人于一九三九年从故乡移居华沙的犹太聚集区。他的同乡，钢琴家阿图尔·鲁宾斯坦在这一年和家人一起从波尔多逃到了美国，但卡采尼尔森当时把妻子和两个孩子留在故乡，自己和大儿子搬到华沙藏身。纳粹开始实行"移送"措施是在一九四二年七月。诗人生于一八八六年，那时已经五十多岁了。在朋友们的努力下，他得以在工厂工作，没有被送往死地。

　　但在八月的某一天，他得知妻子和年幼的孩子们已经被"移送"了。他们被送进了特雷布林卡的毒气室。卡采尼尔森陷入疯狂，他在华沙犹太人区起义中与儿子并肩战斗，潜入雅利安人地区，拿到了一本由南美国家签发的护照，并企图逃亡洪都拉斯。据说这是瑞士的犹太人为了营救特殊人物而准备的。但当这些护照到达华沙犹太人区的时候，本应收到护照的人大部分都已经灰飞烟灭。就是说，未使用的护照散落四处。盖世太保掌握了这些护照，并利用犹太中间人引诱那些有钱并躲在安全屋里的人。目的就是把他们送往维泰勒的集中营。卡采尼尔森正是其中之一。那是一九四三年五月的事。三百名波兰犹太人，在护照上他们是南美人。在卡采尼尔森的诗歌日译版面世之前，我对于这段史实，大概只听过与维希市历史有关的部分。所以，即使当时在与你的对话中出现了安妮·弗兰克的名字，我应该也不会谈及这位意第绪语诗人的事。

曾经被特别优待的人们，他们的命运在某个时候完全改变。南美各国拒绝那些自称是本国国民的人回国。如果不能用于交换，这些被关押者就没有任何存在价值。法国境内的犹太人先是被关押在巴黎郊外的德朗西，然后被送往奥斯威辛。一九四四年四月，卡采尼尔森在巴黎解放前夕被"移送"，并于五月消失在毒气室。他预感到了自己将死、民族将死，以及语言将死，并为此做好了准备。在离开之前，他像着魔一样创作意第绪语的诗歌。全十五篇长诗《被毁灭的犹太人民之歌》完成于同年一月。他拼命地复制诗稿。当然是通过手写的方式。卡采尼尔森一共做了六份诗稿，一份缝进旅行袋把手的皮革里，剩下的放进三个小瓶子里，在一位参与法国抵抗运动的英国女性的帮助下，埋在院子里的老树下。在卡采尼尔森被"移送"，维泰勒集中营也解放后，这位女性挖出了瓶子，把手稿送到巴黎，并安排送到了一家意第绪语的印刷厂。

我曾经住在一家出租意第绪语书籍的书店附近。那是一家一周只开两天、每次只开几个小时的小店，经常能看到有个蓄着山羊胡子的黑衣男子出入。因为招牌上写着"对所有的客人开放"，我有好几次都想进去，想着不懂意第绪语应该也没问题吧，但又总在最后的最后失去勇气。保存《安妮日记》的"后屋"里的那个女人，不顾危险保管着日记本，她坚信当事人或者家里的某个人会回来。被带走的时候，他们给了安妮多少时间呢？安妮又带走了些什么？玛戈特应该把自己的日记带走了。即使日记本被没收，只要她能生还，也许一切都能从脑海中复活。毫无疑问，也会和安妮的文字一起。那是即便觉得可能永远无法送达也要投向大海的漂流瓶，也是无论发生什么都希望送达对方的漂流瓶。为了被灭绝的民族和语言，期盼着无论如何都要送达而被埋在地下的瓶子当然是后者。因最后一期"移送"而丧命的卡采尼尔森的诗歌，后来被收录在耶路撒冷的 Yad Vashem（大屠杀纪念馆）。

我看见了，从我的窗户，一辆马车，很多马车……

我听到了

　　那响彻云霄的痛苦的呼喊，还有无声的呻吟——

（第三首）

　　卡采尼尔森一度被认为是《多娜，多娜》这首歌的词作者。有各种说法，真伪不明，但据说这首曲子本身在"移送"之前就有了。但是在这一小节中，在某个晴朗的日子午后，被拖在马车后头的犹太人，和装在马车上被卖掉的小牛们重叠在一起。诗人写道："这是什么样的民族！像小牛一样被屠杀，这是什么样的民族！"（第十四首）。用意第绪语写的这首长诗虽然保存了下来，但作者却像小牛一样消失了。救出文字手稿的女性，是怎么处理那些瓶子的呢？不可能把它们一起带走。要救出这些珍贵的诗篇，行李越轻便越好。我在那里胡思乱想。他们用的不会是维泰勒的瓶子吧。也可能是拿到了带盖子的果酱容器。但当地的矿泉水瓶子会更容易买到。在所有的文件中，都只记录了三个瓶子，没有具体说明是什么样的瓶子。我经常在咖啡馆和餐厅喝冰镇好的玻璃瓶装维泰勒矿泉水。读了这段历史之后，我已经有一段时间没喝它了。把从地下涌出的泉水灌进去，再把它倒空，把不是水的东西放进去埋在土里，再挖出来。一个不移动的定点操作，使它成了一个时间胶囊，为世界留下了一个原本会消亡的语言。她看到挖出的诗篇，会是什么样的心情呢？不可能是一点儿也不紧张地拿出来的。三个瓶子一定会互相碰撞发出声音吧？现在在我脑海中，这个来自并不遥远的时代，但完全只存在于想象中的玻璃声音，和在烟纸店的玻璃柜后面盯着我的女人啪的一声把零钱扣在柜台上的声音重叠在一起。如果维泰勒的瓶子里塞着一张卷起来的《玫瑰骑士》门票，那将是多么讽刺？

　　肿起来的眼睛用水洗。用含氯的自来水洗，然后滴上抗菌眼药水。如果用维泰勒矿泉水的话，效果可能会更好。是的，我真的是不小心把它弄破的。在那首结束"无言的惩罚"的《昂首向前走》里提到的"上方"，我决定像之前提过的宇航员那样，把它当作在没有上下左右的空间里假设的方位。"去往那个我们称之为上方的神秘方向"的眼睛里，也有谁都无法破坏的肿块。我记得它破了的那个瞬间。那个疙瘩是个既在自己身体的外面又在里面的小湖。当我用指尖轻轻描画，手指的皮肤和充满脓液的薄膜就会贴在一起，无法分辨哪个是哪个。手指是在触摸还是被触摸？那个时候，我感受到的与其说是"破了",不如说是"被弄破了"。而且，还有"弄破了"的感觉。那是为了将爆炸控制在最小范围内的一种"解除"。"解除"了什么呢？解除了存在。解除了困惑。解除了恋慕之心。解除了歌声。这并不是给我的五音不全找借口。我第一次接触你的皮肤时的触感正是这样。普里莫·列维和大家一起吟唱的意第绪语的四行诗，是一唱出来就会像肿块一样破碎的文字。知道我把肿块弄破了而对我施以"无言的惩罚"的你，无疑是可以成为吟游诗人的吧。至少你将是我罪状的可靠叙述者。

维泰勒的小瓶是被埋藏的火。是埋在地下的灯塔。从那里传来的歌声，是用编织线连接起来的打字机声和你的心跳声。还有航标背后的各种路标。各塔台，各塔台，各塔台，地上保安厅将向您播报维泰勒灯塔的气象状况。时间十二点五十五分，维泰勒灯塔，东风，风力八米，浪高不明，结束。地上保安厅，这是维泰勒。再见。

我会再写信给你的。下一封我要写得更阳光、更昂首向前。

在寒冷刺骨的，初春的月光下

　　《山羊的信》，是以前你可爱的小外甥女喜欢的歌。即使
我恶作剧，用王子唐纳德把她弄哭了，她也能很快恢复心情，
拿着小鸡奶嘴和兔子拨浪鼓当山羊，把它们凑到一起，又把
它们分开，愉快地唱着歌。但小鸡和兔子看起来怎么也不像
山羊，它们是黄色和粉色的，谁扮演白山羊，谁扮演黑山羊？
但她就像把自己交给诗歌那永不结束的循环一样，不停地把
看不见的信送到这里，送到那里。无法加入演出的王子唐纳
德被扔到沙发下，那垂头丧气的样子现在还历历在目。

　　我们喜欢看着她玩耍的样子，完全看不够。

　　"我们来照顾她，你可以去看电影，去购物，去休息

一下。"

你这么说着，劝你妹妹出门，但我知道那是因为你想霸占小外甥女。她如此专注地唱着歌，甚至没有注意到妈妈什么时候离开了视线。只要王子唐纳德不在眼前，她就没事。坐在地板上，把奶嘴和拨浪鼓放在膝盖的左右两边。当她假装送信时，就必须越过膝盖山。这么小的孩子怎么会知道信是要送给隔开的另一边的某个人的呢？我们只能默默地观察着这个谜。她握着奶嘴的手指的指甲，从裙子下摆露出的小腿，沾染着口水的红色嘴唇，从唇间不间断地流淌出的歌声……关于她的一切都让我们着迷。在我们面前的小生命本身就是一个奇迹的个体。

要感谢窗·道雄的这首诗没有尽头。多亏了如此，我们可以尽情欣赏她的歌声。她没有意识到，如果真的想把山羊的信送到，就需要被丢在沙发下面黑暗处的王子帮忙。只要贴上唐纳德的邮票，山羊的信就能安全地被送到山的另一边。

不怕你误解，坦白说的话，当我看着小外甥女独自玩耍时，心里总有一种难以解释的欲望，想逗她，让她哭得更厉害。为了不让你看出来，我需要相当的忍耐力才能忽略那个欲望。当然，这并不是说我讨厌你的外甥女。恰恰相反。恰恰是因为她可爱极了，箭头朝向正相反的方向扎进了我的心。

　　现在，让我们捡起王子，凑近她的脸并用一点点气声说话，就如同紧急铃声响起，时间瞬间停止。慢悠悠的山羊被远远扔开，信件着火，小孩子大哭起来。歌声立刻被哭声所取代，眼泪鼻涕混在一起，聚成跟眼睛大小不相称的大水滴，从下巴尖上滴落。孩子用尽全身的力气不停地哭。她被困在自己的哭声中。跟《山羊的信》一模一样，谁也无法决定哪里才是尽头。看，就是用沙发下面那个，你用花边剪刀做的丑陋玩偶……是的，有人在耳边低语怂恿。为了打消那低语，我只好用嘶哑的声音，比她更努力地唱起《山羊的信》的歌。

　　这么一说，我想起在我书架上就有一本窗·道雄的诗集，于是拜托看护读给我听。

　　"你怎么会准确地记得它在书架的哪一层，从右边数过来第几本啊？"

　　开始阅读前看护对我表达了佩服，因为在我说的地方，确实摆着那本诗集。

　　"我家的柜子乱糟糟的，我根本搞不清楚东西在哪儿。"

　　通常，二人接下来就会讨论一阵儿整理东西有多麻烦的话题，阅读一再推迟。她是一个非常好的看护，健谈而友好。她大声而爽快地阅读各种书籍，不受内容限制。

中途，我注意到了这样一首诗。它的题目是《无论如何》。

人类能区分

哭泣

欢笑

歌唱

交谈

祈祷

低语

呐喊

说话

这些词语

但是

只有哭

这一个词的话

无论如何都很糟吧

麻雀

蝉

猪

牛

青蛙什么的……

无论如何

　　不，不是那样的。我忍不住对窗·道雄先生说。即使昆
虫和动物们在欢笑、歌唱、交谈、祈祷的时候，没有恰当的
词汇，也没必要觉得有什么不好。相反，我们应该羡慕它们
没有多余的词汇。只需要一个词"哭"，就足够了。"哭"，就
包含了所有。很久以前就领悟到这一点的它们，并没有大肆
声张，只是用适合自己声带的声音"哭"着。

　　在窗先生的诗中所列举的行为，现在我还能做，还能向
别人表达的，只有一个。那就是，哭。不需要动用肌肉，眼
泪也会从紧闭的眼睑边缘自然溢出。这是为什么呢？我这个
连一根手指、一个眼球，都不能自由活动的人，为什么能毫

不费力地流泪呢？它是在身体的哪个地方，由什么力量和神经信号产生的，又是如何运送到眼眶边缘的？我无论怎么想都想不明白。但想到我唯一能做的事和麻雀或青蛙一样，心情又稍微好了一些。就让我大声地哭出来吧，忍不住这样想。

我最喜欢的一首诗是《小鸟》。

　　　　天空的

　　　　水滴？

　　　　歌声的

　　　　花蕾？

　　　　用眼睛的话

　　　　可以触摸你吗？

自从小孤死后，我决定再也不养鸟了，每次看到野鸟，我都会意识到，这是一种不允许别人用手触摸的生物。小鸟不仅具有容易被捏碎的脆弱，而且它还拥有一种神秘感，仿佛正处于将要进化成某种东西的中间阶段。正如窗·道雄先生所说，它像是花蕾。只是因为途中花费的时间超过了人类的尺度，所以还没有人看到花蕾开放的样子。能在空中飞翔的只有鸟类，这就已经足以证明了。只有鸟类能前往人类无法企及的遥远地方。人类绝不应该妨碍它。

小孤死了，一定是因为我经常用手托着它，抚摸它的羽毛，把它包在我的手掌心里，并偷偷藏在口袋里带去学校。每一次触摸羽毛，其实我都在消磨它的寿命。它那美妙的鸣叫声，是为了呼唤在前面天空等待它的亲密同伴，而我却以为这是献给我的歌。这真是一个厚颜无耻的误解。

不过现在我还是可以自信地说，没有人能够像我一样与鸟类心灵相通。在绣眼鸟和白头翁来花园啁啾的早晨，我在眼睑背面温柔地抚摸它们。眼睑是唯一允许我触碰小鸟的地方。

这次你的回信来得很慢，在等待的时候，每次想到你的信我都会哭。我试图用"通信总有一天会结束的"这种想法来安慰自己，却又自嘲这是多么廉价的感伤。这真是太奇怪了。

但另一个我就这样惊讶地看着我。我已经习惯了想做什么却做不到的情况，没想到我身体里还留有一些即使我想放弃也无法放弃的事，让我觉得很新鲜。读了窗·道雄先生的诗后，我想明白了。

我想，我是在知道不会收到答复的前提下开始写信的。从一开始，就不需要等待什么。即使说揶揄你五音不全的那封信就是最后一封，也不会给谁带来任何损失。能永远保持寄来寄去不会停止的，只有山羊的信。

真正让我流泪的，是当我收到期待已久的回信时，发现其中有关于船舶气象报告的那些话。

"结束，再见。"

朗读长诗的那个声音复活了。我以为我已经忘记了这一切，但原来只不过是因为自己放松了警惕。那孤零零地停留在能俯视整个地球的宇宙中的某一点上，不知道是男是女、是活着还是死了的谁。那在用鸟类一样的声音鸣叫着"各塔台，各塔台，毫巴，毫巴"的某个人。

那个人现在还好吗？即使发明了新的设备，就职机关的环境也发生了变化，他还是独自一个人，在继续朗读着吗？

我不禁想起他不知道自己的声音最终会去向哪里、独自被遗留在黑暗中的身影，心里觉得很茫然。虽然知道永远不会得到答复，但还是继续说话的那个背影，看起来是那么脆弱，轮廓在黑暗中那么模糊，似乎下一秒就要消逝。只有在规律地重复"结束，再见"之后脊背上传来的颤抖，才是他存在的微弱印记。

它是一只鸟吧。你在它背上看到的是翅膀。而那颤抖，看起来类似于鸟儿在长途飞行后，确认是否到达正确的地点，然后盘旋着降落到一个点上，在这过程中唯一一次尾羽的扇动。像是因为自己描绘的轨迹过于清晰，而感到有点晕眩。

"结束，再见。"

每一个字符、每一个音节都被吸收到颤抖的黑暗中。

如果是这样，这个声音的主人，应该是带领同伴飞往最终地点的勇士。背影中流露出来的绝对的孤独感，是一枚配得上勇者的勋章。如果是我的小孤，我会觉得很自豪。它有足够的资格。毕竟，它是"孤独的"小孤啊。长篇诗的朗读是为了让那些跟随者不迷路而发出的信号，是当因疲惫而停下时对他们的鼓励。

但结束，不就代表了再见吗？我再一次咀嚼这句话。截然相反的念头跳了出来。啊，原来是这样，原来是正好相反。这是同伴全部离开后，单独被留下来的迷路的人。诗是它对同伴说的告别的话，告诉它们不用管我了。它会成为长篇，是它依依不舍，始终无法下决心说出最后一行的证明。

你应该已经知道我想说什么了。和你并排坐在沙发上一起倾听，那收音机里传来的，是来自未来的我的声音。我哭了，是因为我知道未来的自己在那里，朗读着永恒的诗。那是从我眼睑背后的黑暗传送的声音。

眼泪尽情流淌。在沙发上当我触碰你手指时，我甩开那只手，而当你离开去向一个我不知道的城市时，当我清楚地知道我再也见不到你时，我哭了，似乎想弥补过去我本该流下的那些泪水。就像是因为曾把你外甥女惹哭而应该受到的惩罚一样，我不停地哭泣着。看护默默地为我拭去了眼泪。

"我把书放回原来的地方哦，不然以后不知道它被放在哪儿了可不行。"

看护把《窗·道雄诗集》放回到了书架上。即使不像图书馆那样系统地分类，我对自己的书架也有自己的把握，通常可以知道什么书在什么区域，你一定也是如此。不同的书脊的颜色、书名/作者/出版商的字体设计、纸张质量和尺寸等，会在书架上营造出独特的景观。右边中间以上是暖色系，略微有些高低不平。左下角有棱有角显得很稳重大方。或者某一个角落，一连串的书名连在一起，恰好成为令人印象深刻的一句话，仿佛那里藏着一个只属于自己的新故事。《长腿小鹿斑比车轮的下面》《变身小老鼠和响了两次的铃》《不合格的麦田晚餐会》。差不多类似这样的感觉。

因此，这也不是什么值得让看护佩服的事。书架，还有摆在上面那几本特别重要的书的内容，都妥妥地藏在我的脑海中，那是最安全的储存地点。它们和藏在维泰勒的小瓶子里、埋在土里的诗稿一样安全。

但缝在旅行袋把手的皮革里的那份手稿，大概一到奥斯威辛，就在月台上与它的主人分开了。对仍然存放在奥斯威辛的大量无主行李一个个仔细调查的话，可能还会发现隐藏的文字。当然，为了没收偷偷带进来的贵金属类物品，行李袋的隔层和暗袋也都被搜过了（被迫做这件事的常常是同为囚犯的同胞，这种特权任务会导致他们在一定时间后被送入毒气室）。这过程中，可能会搜出笔记本、日记、信件和文件，但这些也不过是被视为助燃篝火的材料。即使它们对其主人来说是比珠宝更重要的东西。

我想起了 V. E. 弗兰克尔《活出生命的意义》中的这个场景。抵达奥斯威辛后不久，在消毒准备室，弗兰克尔向一个老囚犯提出，能不能想办法把塞在外衣胸前口袋里的一沓文稿保留下来。他的话被一句脏话无情地打断。在乘坐货车的艰苦旅程中，他一直保存着这一沓纸，那是一本学术著作的手稿。

就跟头发、鞋子、眼镜和牙刷一样，在奥斯威辛参观陈列中所展示的行李箱也堆到了天花板，填满整个房间。其中很多用白油漆标着名字和地址，以确保以后能物归原主。在大皮箱的缝隙中，还隐约可见用藤条编织的儿童提篮。

谁能断定那些行李箱里面没有秘密的隐蔽空间，并将语言文字收藏其中？我们一定无法想象，陷于困境的人们会在哪里找到一个空洞，把一张与生命一样重要的纸藏在里面，就像伊茨哈克·卡采尼尔森也会想出新方法，把它缝进了旅行袋把手的皮革里。折叠在搭扣裂开的缝隙里，塞在钥匙孔里，缠绕在缝合用的线上，压缩后伪装成装饰纽扣……抄写的诗句、用速记文字写下的原稿，在不为人知的地方沉睡着。行李箱忠实地履行自己的职责，假装沉默。在这无数的文字中，一定也包含了玛戈特的日记。在那些容纳了现实世界中已成为幻影文字的书架上，它们一字排开。

书架上方装饰着你的肖像画。我已经烧掉了所有关于你的照片，但不知为何，只有那幅画还留着。那是一幅描绘你八十多岁老年形象的画像。

这是我们去哪儿旅行的时候？只记得那里有个美丽的湖，我们是坐船去的，所以应该是山里的一个小村庄。吃过早餐，为了消磨去火车站之前的时间，我们在旅馆后面的山上散步，信步走到了一个小小的城址公园。那天是假日，这里正要举办市民休闲集会，各种准备工作已经开始了。可以看到人们正在组装帐篷、铺设长桌、设立招牌。现场有"吐樱桃籽比赛""小动物抚摸区""剪羊毛表演""手工制作苹果派大赛"以及其他各种有趣的活动。

在会场最里面的一个角落，草坪上只铺着一块白色的毯子。那是一张大毯子，触感柔软舒适。可能是听到了我们在聊这里到底会进行什么活动，在榉树的树荫下，有个人走过来对我们打招呼。

"这是一场婴儿爬行比赛。"

他是一个长相干净的年轻人，眼神温和。他坐在一张休闲折叠椅上，什么也不做，只是悠闲地喝着装在水壶里的咖啡。

"第一个从毯子的一端爬到另一端的婴儿就算赢了。"

我们点点头。

"在终点线等待的爸爸妈妈们会用玩具来吸引他们的注意。这是休闲集会上最受欢迎的项目。"

虽然他说是最受欢迎的，但半个婴儿的影子也没看到，只是在终点线附近摆着一排玩具，地毯上空荡荡的。

"大家每年都期待着在有线电视新闻上看到这个比赛的报道呢。"

仔细一看，在年轻人的脚边，画具箱、水桶和画板有条不紊地放在树荫下。

"我是画肖像画的，给婴儿们画。"

在我们提问之前，这个年轻人已经给出了所有的答案，他的语气很低调，没有炫耀的感觉。阳光穿过树叶的缝隙落到年轻人脸上，每当风吹过，它就轻轻晃动。

"没想到这么受欢迎。甚至还需要排队。你知道，因为婴儿的爬行期很短。一般第二年就不能再来参加了。所以我猜大家都想要留个纪念吧。"

移动动物园的卡车好像到了，这片区域突然变得热闹起来。鸡、狗、羊，各种声音随风传来，分不清到底是什么。只有等待婴儿们到来的地毯上，还是那么安静。

"而且，我画的也不是他们现在的样子。"

年轻人说。

"我的专长是画未来的肖像画。"

"什么?"我们俩同时提高了声音。

"这什么意思?"

你先问道。

"我想象婴儿们长大后的脸,并把它画出来。"

"多远的未来?"

现在轮到我来提问了。

"那差不多得是十年后,二十年后,五十年后,你想多少年都可以。"

那个年轻人回答说。

我想知道这种形式的肖像画家是否并不罕见。至少后来我没有再遇到过,但如果去世界各地寻找,他们就端坐在旅游景点或节日庆典角落吧?

总之,他会观察眼前人的骨骼、五官和皮肤特征,推测他们将来会是什么样子,再画到纸上。他说自己正在学习法医学,同时也在艺术学校上学。又说了帮助寻找失踪儿童的事,用画出他们长大后肖像的方式。毫无疑问,他是个有特殊技能的人。但除了技能之外,我被那双藏着阳光的眼睛深深震撼了。我不能清楚地分辨眼睛颜色的种类。仿佛因为它们太深了，色彩的折射无法到达表面。那是一双无法用颜色描述的、充满了深度的眼睛。

参加爬行比赛的婴儿们并不会一动不动地坐着。有的孩子因为莫名其妙地要在众人面前爬行，情绪烦躁而哭闹，也有的一脸疲倦地睡着了。然而他的眼睛不会错过潜伏在各个部位的变化预兆，那些隐藏在皮肤下的头骨的微妙线条、各部分的平衡感、皮肤和头发的质地。他凝视着的是一张没有人见过的脸，甚至被描绘者本人也还没有见过。那是确实会存在于世界上但现在还不存在的脸。

"如果有时间，我也可以为你画。"

年轻人说道。

"不收你钱。我要免费为今天的第一位顾客服务。"

年轻人的嘴角露出了好看的笑容。

"欸，真的吗？时间有得是。"

你意外地表现出很感兴趣，那时我觉得有点不舒服。似乎被一个未经商量就擅自做下的决定弄得措手不及，而免费这件事让不舒服的感觉升级。但没有我插话的余地，你在那个年轻人面前坐下，他放下水桶，打开了画具箱。从移动动物园那边传来了更大的叫声，也许是刚从卡车上卸下来所带来的兴奋吧。

"你想画多少年后的?"

"五十年，拜托您了。"

我迅速回答。其实多少年并不重要。这只是好玩罢了，就像在旅行中逛纪念品商店一样。然而，在一种自己也无法解释的确定性的驱使下，我清楚地说出了"五十"这个数字。

现在，我已经能明白当时的感受了。我一边假装天真，说着好期待五十年后看这幅肖像到底像不像，一边却认定我一定不会见到五十年后的你。虽然不知道会发生什么，但五十年后我们终将彼此远离，这种真实的预感让我感到畏怯。

"好的。"

年轻人把纸放在画板上，从画具箱里拿出调色板和画笔，然后目不转睛地看着你。我知道，他正用那双深邃的眼睛，看穿潜伏在你眼中的地层深处。要不还是算了吧，有那么一瞬间我后悔了，但此时为时已晚。等我回过神来，年轻人已经快速地开始动笔了。

出乎意料，完成的画像是侧脸。我不敢细看，只能假装亲切地微笑着，斜着眼睛偷偷窥视。那个表情和打字时的你非常像。

"来，现在换你。"

年轻人很自然地催促我。

"啊，也给我画吗?"

"那当然。"

那么坦诚的语气，和让人不忍抗拒的直视的目光。

说实话，我不太记得我的肖像是什么样子的了。我们交换了彼此的肖像，并把它们收在行李箱的底部，之后再也没有机会拿给对方看过。我对自己的肖像印象模模糊糊，与此相反，你的侧脸像被我装进镜框，放在书架上。也就是将它深深地埋在了我脑海的地层之中。

"这肖像是谁?"

有时，新来的看护会问我。

"是您的父亲吗?"

也有人这样问。既不点头，也不摇头，我只是沉默着，谁也不会觉得我失礼。他们只是觉得，我的文字传达装置的接触性不大好。

那些参加婴儿爬行比赛的准参赛者依然没有出现。榉树的树荫下只有年轻人和我们，还有等待出场的玩具们。阳光的亮度逐渐增强，照亮了白色的绒毯。婴儿们将会上下移动被尿布包裹的胖乎乎的屁股，用口水、眼泪和吐出的牛奶尽情地沾染这片白色，但我们没有时间为婴儿鼓劲了。火车的时间快要到了。

我们礼貌地致谢，和年轻人告别，一手紧握着我们的肖像向山下走去。一直追着我们的移动动物园的叫声，很快就渐渐远去。

"各塔台，各塔台，毫巴，毫巴"。

回想起来，我觉得叫声听起来是像这样的。如果真是这样，小外甥女的奶嘴和拨浪鼓、黑白山羊和王子唐纳德应该会被并排放在爬行比赛的终点线那儿。

不知道被年轻人帮忙画了成年肖像的那些失踪儿童是否都已顺利被找到，在自己无法抵达的时间里的我的肖像，如今是否还在你的手边。

对不起，写了这么一封哭哭啼啼的信。

在听着《华氏451度》朗读的夜晚

有一种比喻叫作"小鸟的亲吻"。它是一种微妙的距离上的亲近感，轻盈、温柔，像是触碰到又好像没触碰到。窗·道雄的诗《小鸟》中用的几个词巧妙地表现了小鸟亲吻本身。不管是水滴也好花蕾也好，当以文字的方式写下来时，似乎都让人觉得是没有明确轮廓、不存在于这个世界上的东西。

用眼睛的话

可以触摸你吗？

鸟儿会用它的喙轻轻触碰主人。很久之前，当我饲养一只手持鹦鹉时，曾试过让它用粉红色的喙把我嘴里凹陷处的唾液弄出来。我想，比起让它喝鸟笼里的水，如果让它喝下从我体内流出的液体，是不是关系会变得更亲密些？起初有点紧张。我张大嘴，鹦鹉立刻顺着胳膊爬到我肩膀上。当我把脸转向它时，它的小脑袋完全伸进我的嘴里，它的头反复上下抖动着，像是在确认味道。小鸟不仅是轻盈的。它们将轻盈物质化，并拥有它。我同意你的观点，鸟儿们"仿佛正处于将要进化成某种东西的中间阶段"。这种神秘感，在鸟儿飞翔时感觉不到，而当你真正触摸到它们时就会变得很明显。你还可以听到"咯嗒咯嗒"[1] 的叫声。

鸟鸣的声音在法语中写作 cui-cui。不是"咯嗒咯嗒"，而是"啾啾"。听起来很舒服。以前当我身体里的另一个我说想为你拍照时，你一开始不允许我使用带闪光灯的普通相机。你说如果是祖父那种老式箱形、机身风琴状的大时代相机，你就很乐意拍。也就是说，不是用的胶卷，而是老式单张盒装底片。

读了这次你的来信，其中与年轻肖像画家的对话让我想

---

[1] 此处的鸟鸣声"咯嗒咯嗒"与第十封信中提到的气象报告呼叫的"各塔台，各塔台"在日语中发音完全一致，写作罗马字均为"kakkyoku"。

起了一件事。当我们在湖边的房子里拍照时，你跟我说了小孤的事。不，当我们开始相处后，你给我讲了很多关于童年的故事，所以小孤的故事也许是在那之后才告诉我的。小孤，孤独的小孤。昂首向前走，把脸朝向天空的小孤。处于起步阶段的相机需要很长的时间来曝光。拍摄对象必须保持不动，紧闭着嘴直到摄影师满意为止。在家庭合影时，小孩子也会一起加入，但他们对保持不动很不习惯。毕竟这对成年人来说也挺难的。

因此，摄影师们设计了一种方法来使他们的拍摄对象保持专注。他们假装相机的暗箱中藏着一只小鸟。好的，准备好了吗？有一只小鸟会从这里飞出来哦，请专心看好。这是一只虚构的小鸟，它被用来为一些人停止时间，面向未来剪切现在的某个瞬间。啄食着我嘴里液体的小鸟，从眼前的黑色木箱中飞出来，由于小鸟的存在，照相馆本身变成了一个大暗箱。不是"茄子"这样奇怪的咒语，而是用"好，小鸟就要飞出来了哦"这样一个完整的句子来吸引大家的目光。那只看不见的小鸟仿佛是将所有被拍摄的人带出时间的装置。摄影师代替鸟儿发出声音。"啾啾、啾啾"。有时它听起来像"kiwi、kiwi、kiwi"。这和新西兰的那种鸟的叫声是一样的，它决定不再飞翔，选择生活在地面上，并放弃了它美妙的翅膀。虽然它们体形太大，不能称之为"小鸟"，但它们没有翅膀的事实，也可以被认为"一种进化的最终形态"吧。

在说了再见起飞后，它们会去哪里呢？是飞向我们所知道的未来，还是飞向我们所不知道的过去？那是在我被那个身处外太空却被告知祖国已经瓦解的男人的故事震惊的第二年，有一天晚上我用当时租住的房子里前住户留下的旧电视看了一部纪录片。因为显像管的正面几乎呈球状，所以屏幕中心和角落的颜色深浅、影像轮廓都不相同，完全是东欧国家生产的那种粗制滥造的机器。关掉房间的灯，在黑暗中看它，就会陷入透过小窗窥视宇宙飞船内部的错觉。节目讲述了居住在加拿大安大略湖附近的一位雕塑家的故事，他通过操作一架自制的超轻型动力飞机，实现了与大雁一起飞行的梦想。他从小就非常喜欢飞机，并梦想成为一名飞行员，但色觉异常断送了他的梦想，于是他开始建造自己飞行用的飞机。有一天，他在电视上看到一个画面，一个男人在某处湖面上坐着船，身后跟着一群鹅。这时，他有了突发奇想的灵感。他想，如果这可以在水上实现，是不是也可以在空中实现呢？他改进了飞机，在实现长时间稳定飞行的同时，利用鸟类的印记本能，让大雁们认为他是它们的父母，并训练它们一直成群结队地跟在飞机后面飞。

这一天终于到来了。他们飞上了天空。雕塑家和雁群一起翱翔在空中，实现了"雁行"这两个字所描述的场景。当那个少年的梦想在时不时跳色的老式显像管上放映时，我渐渐感觉，自己好像正与这些大雁以同样的高度、同样的速度朝着同样的方向在空中旅行。

最终，这一成就超越了个人梦想的范围。如果他能和一群鸟一起飞，那么是否就能像母鸟那样教给它们一条新的路线？如此一来，不就有可能指出一条今后也代代相传的路径了么？迁徙路线不仅是鸟类本能的结果，而且是几千年来靠长辈与后代之间传承、学习而来。即使地表被人类破坏，景观发生改变，正是因为有了不动的指标，才使它们能够继续沿着传统的天路飞行。一些迁徙的鸟群在迁徙过程中会穿越内海，考虑到距离和地理条件，这未必是一个合理的路线。如果想保存体力，它们应该会选择海峡，因为那里的水上飞行距离更短。尽管如此，鸟类却并不选择最短的路线。即使途中没有可以休息的地方，也偏要笔直地向前飞行。

为什么会做如此鲁莽的尝试呢？鸟类学家们觉得不可理

解，于是将它们的飞行路线与基于考古学和地理学发现的地图进行比对，发现原本看似冒险的飞行才是最安全的路线。现在的海面，在古代还是浅滩，到处都有岩石，有可以让翅膀休息的地方。只是由于自然的巨大力量，地形和海的形状都已经发生了改变。雕塑家引导着这些鸟儿，它们从此将随着季节的变化，沿着天空中一条没有指标的道路来回迁徙。他的想法和实验成果，与试图将候鸟从生存的危机中拯救出来的学者们的梦想结合在一起。即使过度捕猎和极端的气候变化使它们宿营地的环境恶化，并给它们按原路返回的行程带来危险，候鸟也没有办法改变它们所继承的航线。它们冒着生命危险来保护那些不复存在的原始航线。从某种意义上说，这将是对进化过程的一种回归，回归到那些最早飞往那里的鸟群的时代。通过这一系列曲折之后，雕塑家不仅改变了加拿大野雁的飞行路线，还成功地将它们引导到一个安全的越冬地点。这一连串的事件被拍摄下来，由他本人制作，几年后还被拍成了电影。

　　看完这个不长的节目后，我惊呆了。我被建造自己一个人的飞机、与鸟儿一起在空中翱翔并朝向相同方向飞行的奇迹打动，但同时我也感受到了人类以自我为中心的负面因素。

鸟类迁徙的鲁莽本质，在力竭之前从未停止振翅飞行的伟大本质，被不正确地扭曲了。这种学术上的尝试与用老式相机拍摄时，说"小鸟就要飞出来了哦"那种暂时让时间停止，同时又继续向未来前进所暗示的东西是截然不同的方向。它不是一个简单的故事，比如像船舶气象报告的灯塔巡视一样，路线和距离是固定的，剩下的只要能战胜天气状况，就能到达目的地。鸟儿们一去不回头，然后不知消失在何处的悲剧性，虽然有点残忍，但我内心是认同的。

即便如此，一旦经过你那仁慈和残酷正反两面互为表里的心灵过滤器，事物的轮廓都会比平常更加鲜明。我意识到，自己长期茫然困惑的根源在于，我离开了像你这样有能力从本该什么都没有的地方获得些什么，并把它附着到一个什么也感受不到的第三者身上的人。你的声音、你的文字似乎正在慢慢消逝离我而去，这可能是因为我的感官正在退化吧。如果我消失了，你也会消失。如果我不存在，想念我的你也就不存在了。或者换一种不客气的说法，你那连接生与死的生命力可能会稍微减弱。有什么可以做的吗？我如此不安。心头烦乱。当我想到当时那听起来纤细的、颤抖的、仿佛像纸杯电话里传来的"各塔台，各塔台"的声音，是来自"未

来的你"时，在那之后的生命里的许多事情都变得容易理解
了。这也解释了为什么尽管我一直想让你听那个广播，之前
却犹豫了很多次。

　　我可能是在害怕吧，害怕确认我们二人之间的距离。无
线电波把间隔溶解在大气层中。让人忘记了彼此远隔异地的
距离。但是为了让你作为媒介者的力量毫无遗憾地得到发挥，
无论如何距离都是必要的。想要重新创造距离，唯一方法是
使来自灯塔的声音不稳定地摇摆。让自己与那些听不到的、
被杂音吞没的或时断时续的声音同频。你明明就在身边，却
要刻意制造距离，这是多么残酷啊！要确认往返于你我之间
的鸟儿们的迁徙路线，就要接受总是有那么一个点，经常偏
离原来地方的事实。就要认可这种矛盾的状态。结束。再见。
那个极其孤独的声音，是一个无法抵达的外星球传来的信息。

　　这就是我所说的，我对人类指示鸟类调整应该靠本能遵
循的迁徙路线，有疑惑的地方。说到这个岛国常见的候鸟，
它们是从北方飞来的，又飞回北方去的鸟儿们。它们为什么
要特意冒着风险飞向极寒地区呢？在初中的科学课上，我们
曾学到，地球的自转轴相对于公转面的垂直方向倾斜二十三
点四度。如果是它相对于围绕太阳转一年的公转面之间的夹

角，可以用九十度减去这一部分之后得出六十六点六度。正是这种偶然的倾斜给地球带来了丰富的季节变化。

某个出生在北方小镇的诗人曾有一个想法。一个没有任何科学或学术基础、纯粹的诗意的直觉。在对诗歌的根源进行反复推敲之后，他提出了一个离奇的假设，这个假设本身就像是一首诗。他——诗人吉田一穗，这么说道："候鸟之所以北归，是因为那是去往极地的重生。"在永久冻土和冰雪覆盖的寒冷大海之下，沉睡着刚才我所提到过的浅滩和富饶的绿洲。它们去往的是祖先代代相传的梦幻温暖之地。如果我们考虑到地球曾经相对于公转面的垂直方向倾斜了三十度，那就说得通了。这些鸟儿们是飞向以这个角度为基础计算出来的极地。诗人是这么说的。

如果我是鸟群中的一员，或者如果你是鸟群中的一员，一定会把那些无法用语言表达的想法送往那不存在于任何地方的绿洲吧。那些飞向无法返回的梦幻极地的鸟儿们，只能不断发送"咯嗒咯嗒"这微弱的信标。不知是否会被收到，几乎只是一场赌博。这可能和你在没有看护帮助的情况下，一个人完成的文字传达装置有相似之处。

*

城址公园所在的湖畔小镇。虽然湖水并不是很深，但是像贝加尔湖一样透明度很高。我们把行李放在湖边的一家旅馆，顾不得休息，就立刻去了乘船的码头。不需要确认是否要划船。如果有湖，有船可划，就一定要划一划。你之前也在信里写过，这就是我们之间的约定。然而，在湖边的那一天却和往常的状态有点不同。你记得没错，那天是假日，人很多，双人乘坐的手划船全部都租出去了。当我们得知还要再等三十分钟，正准备换个时间再来时，一艘白色天鹅船回到了码头。那是父亲和小女儿的组合。女孩握住工作人员伸出的手，从摇晃的船身跳上码头，飞奔进了母亲的怀里。她用欢快的声音说着玩得有多开心，跟在后面的父亲脸上露出满意的笑容。我们目不转睛地注视着这个家庭。那应该会有的未来，和可能无法实现的未来，或许在那个时刻重叠了。

阳光强烈，你没戴帽子，我们用眼神互相确认了一下，觉得偶尔不是手划船也不错，于是登上了那只白天鹅船。

"两个人坐在船上，但不能朝对方看，总觉得心里不踏实啊。感觉要出什么大差错。"

我一边双脚全力踩动着踏板一边对你说。你用平静表情看着我回答：

"偶尔并排坐更好呢。有时候是会这样觉得啊。"

接下来我们几乎没有交谈。虽然两边都敞开着，但声音是闷在天鹅船里面的。踏板的声音在低矮的顶上反射，意外地感觉很吵。尽管如此，我们还是避开拥挤，一点点地离开乘船点，划到了一片看上去不能按时回码头的湖面。我们总是习惯去周围没有任何人的地方。

但那天我完全不知道该把天鹅船开向哪里，束手无策。看不见应该往哪个方向飞。在晴朗的天空下，我已经看不到湖的边际，偏离了候鸟迁徙的路线，感觉冷汗顺着我的背脊流下来。额头上也开始渗出黏糊糊的汗。没有可以划的桨，像自行车那样用强化塑料制成的小船，就是一艘没有系绳的太空救生艇。通常情况下，我是孤独的，依靠打字机的摩尔斯电码和你内心的编织线来度过孤独。然而，现在尽管我们紧挨着，却似乎离得更远，陷入更深的孤独之中。呼吸开始急促，背部有疼痛在游走，腿部僵硬，动作也变得迟钝。

蓦然间，一块白色的布覆在我左边的太阳穴上。那是一块手帕。你用手帕轻轻按了几下，擦去了我的汗水，说："我们回去吧。"如果我们像平时那样坐在船的两头，你的手就不可能够到我。所以，并排坐着也有好处呢。我想起当时的感受，好像获得了什么又似乎没获得的欣喜，和是否失去了什么决定性东西的懊悔，掺杂在一起。

不知过了多久，两艘不同颜色的天鹅船浮现在几米之外。它们在水中溅起水花，与我们的船并排行驶，看起来像是在为我们引路。随着队列的形成，我的呼吸逐渐平稳，不再出汗，到达船码头时，我几乎已经恢复正常了。我们一上岸，马上就被要求支付超时的费用，我好像露出了非常沮丧的表情，以至于之前一直沉默不语的你忽然笑出声来。心情好了些，你还去附近的小店买了冰淇淋甜筒给我。那是用当地农场的生牛乳制作的。它是如此美味，让我体内的支柱都微微倾斜。

第二天退房后，我们把行李寄放在旅馆，散步到城址公园。公园的深处，那没有一个人参加的"爬行比赛"的白地毯，从记忆的海洋中浮现出来。地毯的毛感很好，颜色就像白天鹅的羽毛。很明显，在上面爬行的不会是我们的孩子。这一前提在白色环境中得到了体现。现在我可以告诉你，什么景象适合出现在这个白色的空间。假设我们俩之间有一个孩子，他也会夹杂在其他婴儿中被看不见的领导者带领，他们背上会生出翅膀飞到空中，以与地轴成三十度的角度向着大地飞去。又或者，就像我曾经告诉你的阿尔丰斯·都德的故事那样，他可能被一个恶毒的"承运人"送到了不存在的国度。那个移动动物园是一种伪装，而比赛角的组织者正试图确定时间轴的倾斜度，把婴儿带到未来。所以那个在树荫下的年轻人——安排我们现在的人——肯定也在暗地里共同组织了"爬行比赛"。

肖像画家是想象着婴儿长大后的脸来作画的。那些失踪的儿童，画像时需要考虑到他们的成长，这一技巧和给那些失去生命失去面孔的人修复面孔，画出想象中的肖像画也有关系。年轻人就像一个通晓过去时、未来时和虚拟语气的学者一样，不是在我们的心里，而是在他自己眼睛的海洋里放下铅锤，寻找不属于任何时间的裂缝。正如你所记得的，这位年轻的画家说：

"如果有时间，我也可以为你画。"

而我回答说：

"时间有得是。"

这个时间并不意味着出发前还有足够的时间可以消磨。这是一个应该被大写的时间概念。我想你那时候肯定也感觉到了。那个年轻人说的其实是，如果有所谓"时间"这回事的话。我不需要再解释为什么我对他的提议跃跃欲试了吧？如果时间消失了，就不会有进化，也不会有退化。我们两个人也将无法成为"孤独一人"。因此，你毫不犹豫地指定要"五十年后"面孔时的畏惧，我感同身受。害怕也是让人焚烧照片的悲伤、喜悦和愤怒的点火装置。要抹去时间，你可以抹去照片。为了防止小鸟飞出盒子，你可以破坏盒子本身。我的侧脸深深地埋在你的脑海中，以看护你的人也能看到的形式呈现在那里。到底是什么样的肖像呢？我记得画中的发际线已经明显后退，下巴上长着一点像古代绿地一样的胡子，但细节都已经模糊了。注视着现在的你，不是当时的我，更不是现在的我。而你已经闭上了眼睛，将可能到来的未来的我，也阻挡在视线之外。

"各塔台，各塔台"。透过那眼睑，能听到变成光的声音吗？我们曾经用收听船舶气象报告同样的装置，也就是使用了高性能通信用真空管的小型功放，一边想念小孤，一边听音乐家梅西安的曲子。他也是一位鸟类学家。当时听的曲目是《鸟类目录》。当我厌倦了和叙事诗缠斗，失去救生索，脑子里一片空白时，我会咯吱咯吱地踩着楼梯下楼，去到正在编织的你那儿。你从未告诉我在编织什么。我记得看到过几次有点像婴儿襁褓的东西，但也可能只是后来送给我的米色开衫的一部分。

那段时间你很疲惫，有时候拿着钩针就睡着了。你睡得很沉，让我很犹豫要不要碰你的手或是叫醒你。最终还是放弃了和你一起听音乐的念头。我坐在你旁边的沙发上，用耳机听梅西安的曲子。不是《鸟类目录》，而是格尔利茨在第8A战俘营首演的《时间终结四重奏》中的第三首，单簧管独奏《鸟儿们的深渊》。作曲家在凡尔登被德军俘虏后，在被送入集中营之前的南锡营地，为一名单簧管演奏家写了这首曲子。那首令人难忘的单簧管独奏曲的气息与尺八极为相似。在气息与气息之间，你可以听到用于交流的不属于你自己的呼吸。

的确，如果是为了接受来自另一个世界的鼓励，而不是为了治愈疲劳，那《鸟类目录》是一个好的选择。里面没有"咯嗒咯嗒"那样的叫声，借用了鸟鸣主题的曲子本身音色很丰富，当你呆呆地听着它时，不知不觉中一片广阔的森林会在你面前展开。然而，我更喜欢《鸟儿们的深渊》。吹气、吸气，用皮肤而不是耳朵去听，你必须一度降到生命的最底部。真空管功放让舒展的单簧管听起来更加饱满，并带走了脆弱的部分。船舶气象报告源头的声音，也会这样保持着能让人感受呼吸的强韧吧。只是在传到鼓膜之前，它们整体会衰减，听起来才会模糊不清。

我请那个年轻人画肖像不是因为它免费。而是因为他的眼睛。他的眼睛有种能力，以不同于蓝色花束的方式捕捉中微子，而不是将复眼的冰冷轻描淡写地还原成蓝色。我留下了五十年后你的肖像，还有一张你的照片。无论搬了多少次家，只有它们一直在我的行李里。就像诗人在迈向死地之前把纸片缝进旅行袋的把手。然而，我并没有把它展示在我的工作桌上可以看到的地方。而是把它放在一个信封里，每年一次，在我不得不离开你的那一天，把它拿出来仔细看。我不知道这是否真的可以被称为"肖像画"。你被淡淡的烟霭笼罩着，注视的我和被注视的画之间的距离真的很难测量，那用擦笔手法模糊掉存在轮廓的面孔，无疑是你的。说这是五十年后，但其实年轻人把时间的框架从画里面移除了。像潜藏在时间深渊里的鸟叫声传递出来的那样，年龄的界限消失了。

奇妙的是，每次拿出你的肖像时，你的脸都会发生变化。有时它呈现出我所不知道的少女面貌，有时它是宇宙基本粒子观测装置小船上纯真无邪的面孔，有时它被黑暗所包围，连我都看不清是哪里的谁。我无法判断是我在变化，还是肖像在变化。到底，那个年轻人在你身上看到了什么？

在听船舶气象报告的那天，我的手冷得没法拿唱片，甚至害怕如果把手放在你手上，皮肤会不会粘住撕不下来了。我不知道原因。但在那个时候，我的视网膜上清楚地投射出鸟儿飞舞的身影。当冷到极点，灵魂冷却到超导状态时，彼此记忆和精神上的图像相互之间毫无抵抗地来来去去。不是互相交换，而是漂浮在双方的脑海中。啊，原来是这样啊，我心里想。这让我想起总是早我们俩一步种下不祥种子的那些人的面孔。那些黑影掠过心头，他们在那之后生活的每个节点上出现，莫名其妙地试图阻止我与你同行。那个只给我们一张《玫瑰骑士》门票的女人、烟纸店里的女人，都是那个年轻人为你画的肖像曾经呈现的变化。你已经超越了时间和空间，把各种各样不同的面孔植入在我和你自己身上，然后，你闭上了眼睑。

这就是我在等待的原因。等待抽屉里的肖像变回到你最幸福时期样子的那天。或者是确定永远也变不回去的那天。我们曾相伴了这么久，但那晚，你在你的记忆中寻找，我在我的记忆中寻找，我们都试图从一个不可替代的当下走出来。听着梅西安，我闭上了眼睛，这时候本该睡着的你不知什么时候坐了起来，你睡意惺忪地用手指戳了戳我的脸颊，问我："你在看什么呢?"你没有问我在听什么，而是问在看什么。我什么都没在看。

　　如果用眼睛
　　触摸它们，可以吗?

　　这真是首可怕的诗。如果我现在能站在你身边，我可以轻轻地抚摸你的眼睑，抚摸唯一能动的地方。但那样的话，我们一起看过的风景就会消失，一切都会变成全息图融化在空气中的。每当我看着这幅肖像，总会不由自主地想起窗·道雄的诗。今天我就引用一首题为《风景》的诗结束这封信。

　　风景
　　离眼睛　很远

因为离眼睛远

所以看得见

因为看得见

所以风景　就在　那里

那片云底下　连绵不断的

群山的　风景

画出 S 形　奔向大海的

河流的　风景

风景的　美

像是在发光

像是在召唤

像是很疼

跟看见的东西

始终

必须保持距离……

自己　就在那里

真实确认无误地　在那里⋯⋯

无需赘述。风景向来都是疼痛的存在。不和对象保持距离，就无法看见。只要是看见，就必须承担它所存在的伤痛。我仍然映照在你的眼睑背后吗？知道我仍然被映照的幸福会带来其他的痛苦，但可能仍然比没有被映照的痛苦要好。信又写长了。其他的，下次再慢慢写吧。我从心里祈求，我们两个人的风景永远不会消失。

在早春二月尾声的风景中

　　我出去旅行了一趟。不算很远。虽然是第一次去那里，但因为之前知道自己近期马上就会去，已经无数次在脑海里设想过那个地方，所以与其说是新鲜的惊喜，不如说有种熟悉感。旅程与我想象的没太大差别。我曾计划走得更远，并为此做好了准备，但计划赶不上变化是旅行中的常态。我自己也没想到，结果竟然是走到半路就返回了。

　　相比之下，候鸟的旅程是多么干脆痛快啊！决定要去，它们就去。没有一只鸟退缩、磨磨蹭蹭，或沉浸在感伤里。没有地图，没有指南针，也没有无线电气象报告，它们只带着与生俱来的身体，踏上旅途。

如果候鸟没有迁徙成功，将会发生什么样的惨剧？小时候读过的奥斯卡·王尔德的绘本《快乐王子》早已告诉了我答案。燕子是王子的使者，将装饰铜像的珠宝送到穷人手中，它因此错过了飞往南方的时间，在寒冷中颤抖着死去。我想起燕子躺在铜像脚下的身影，疲惫而虚弱，可怜得让人难过。当然，被人们鄙夷的铜像也很可怜，他的眼睛变成了空洞，全身的金箔都被剥掉，但即便如此，他仍然是一位王子。他才是书名中提到的主人公。而燕子，只不过是一只不求回报、作为爱的代价死去的鸟而已。

　　燕子的尸体包含了死亡这两个字所意味的一切。活着时曾在空中自由飞翔的鸟儿，在败给了重力后，可能会比其他生物更彻底地被困在极端的死亡之中。多年以后，我双手中小孤的尸体，与那只没能飞往南方的燕子的身影重叠在一起。

　　在读完《快乐王子》后过了一段时间，到了深秋时节，每当我看到还留在城里的燕子就会不可抑制地担心。走在去学校的路上时，我常感到害怕，怕如果路上有一只鸟的尸体该怎么办。但是这担心是毫无必要的。只有在绘本中，燕子才会死在城市中心的铜像下。野生鸟类是不会死在人类看得见的地方的。它们很清楚哪里是最适合死亡的地方。没有丝毫慌乱，也不需要任何人照顾，或者更确切地说，它们会选择在任何人都看不见的地方躺下。和启程长途迁徙时同样的寂静，满溢在它羽翼下。

我给你可爱的外甥女读的那本《快乐王子》，是小时候就有的一本。印刷已经褪色，图片老旧，每一页都沾有污渍。但不知道为什么，她很喜欢这本书，每次她来我们家都央求我读给她听。你还记得她对哪个场景的反应最起劲吗？是的，当燕子用它的喙啄王子的眼睛，要把蓝宝石掏出来时。

"眼睛，真的要啄出来吗？"

她问道。女孩子皱起了眉头，似乎在想象这样做的痛苦，她的表情很不安，但提问却泄露了她的好奇心。

"是的，没错。"

我回答道，目光一直没离开绘本。

"真的吗？"

她将手放在自己右眼上，小心翼翼地从眼睑上方按压眼球。她的食指尖沿着眼球边缘按进凹陷的地方。小孩子的眼睑是那么柔软。甚至感觉，好像眼球马上就要带着一串黏液掉出来一样。

"啊，当心。"

我故意把绘本扔到膝盖上，发出夸张的声音。她吓了一跳，将手从眼睑上移开。

"你差一点就要把眼睛抠出来了。不可以那样碰它们。一旦它们掉下来，就再也回不去了。"

我翻到王子的眼睛已经变成黑暗空洞那一页。啊，糟了，千钧一发，她被这些话吓住了，立刻眨眼以确认眼球是否还在那里，接着，为了不再做多余的动作，她双手握成拳头压在大腿下面。

"是的，很好。"

我继续开始讲绘本的剩余部分。

这是一个天真、善良的女孩。她不厌其烦地凝视着王子已经变成空洞的双眼，衡量黑暗的深度。为了尽可能地减轻王子的痛苦，我们格外轻柔地翻动这一页。虽然完全知道故事的发展，但每次讲到王子的铜像在熔炉中熔化的那段时，她还是会眼泪汪汪。虽然都是王子，但她能清楚分辨，自我牺牲的快乐王子，和我创造的唐纳德是不同的。

有一天，当看到我用睫毛夹夹睫毛时，她的反应充满了让我不知所措的温柔。

"糟了，眼睛不能拿出来哦。会痛痛的。"

即使是现在，当我想到她时，最先浮现出的还是那时她哭泣的脸。是为了自己以外的某个人，从心底里流下的，她的眼泪。

"不行不行。眼睛很重要的……"

原来睫毛夹这工具有着这么奇妙的残酷观感啊，起初我还觉得好笑，但很快意识到她是认真的。于是我赶紧停止化妆，抱住了她。

"没关系，我不会把它拿出来的。看，我的眼睛不是好好地在这儿吗？"

我把脸凑到她跟前，尽可能地睁大眼睛让她看。但她的眼泪却怎么也停不下来。这跟我用王子唐纳德吓哭她时那种撒娇式的流泪完全不同。过于担心一个人，以至于失去了和他之间的边界，代替他提前感受那些现在虽然并不存在，但未来可能会到来的痛苦。想到面前的这个小女孩身上竟然藏着这么细腻的情感，我也想哭了。她温暖的呼吸拂过我的脸颊，头发里有阳光的味道。就像是来自小鸟的亲吻。

她一定预见到了我的未来吧，眼睑将会一直闭着，如同真的失去了眼球。她是为现在无法为我流下的泪水做预先的补偿。一想到那是你可爱的、特别的、最好的、不可替代的小外甥女，这一切就一点也不奇怪了。

我的睫毛现在完全不需要卷了，它们在医用胶带下面沉睡着。

"没事的啦。"

我用那个时候的声音对她说。

"我的眼睛，它们并没有不见哦。别担心，我已经用眼睑小心翼翼地包住了它们，所以完全不用担心呢。"

抱歉，我又把话扯远了。让我回到候鸟的话题。

即使是雕塑家的良苦用心改变了加拿大野雁的命运，我还是不能完全认同。在我看来，是种扭曲的善意。难怪你会感到震惊。人类自以为的安全和对候鸟而言的安全是两码事。而且无法用人类的语言来解释这种差异。自太古时代以来，它们一直在天空中绘制无形的道路，这种思考早已形成人类无法企及的地层。没想到这还被制作成了纪录片和电影，要点完全偏了。

鸟儿们真的相信那些在雁群前方、操作着自制飞机、脸上带着自我感动和自豪表情的人类就是它们的父母吗？真的会对带领它们到达一个"安全"的越冬地而心存感激吗？我可不这么认为。它们一定对这个毫不客气地挤进它们飞行路线的入侵者感到怀疑。假装遵从雕塑家的伎俩，并不是因为人类更擅长飞行，而是鸟儿们有足够的智慧，不会做任何不必要的抵抗。一张经历漫长岁月镌刻在天空中的地图，不可能因为人的一时兴起而重新绘制。

读了你的信之后，想起我有一本关于候鸟的书，于是让看护读给我听。那是梨木香步的《迁徙的足迹》。它果然就在书架上我印象中的地方，看护再一次表示佩服。

根据书里写的内容，自从基于卫星的追踪方法建立以来，对候鸟的研究已经有了很大的进步。以灰蹼鹬为例，它从南半球到北半球，能不间断地飞行超过一万公里。又比如长野县安云野的蜂鹰，在春季和秋季要在安云野和爪哇岛之间进行两次飞行，秋季的迁徙需要五十二天，总距离为九千五百八十五公里。春季迁徙的路线更长，需要八十七天，总距离为一万六百五十一公里。

从路线在春秋两季之间的变化可以看出，它们并不是选择最短距离飞行。就像你所说的那样。为什么要大费周章地绕道而行？即使不这么辛苦，也还有更轻松的方法可以到达目的地吧？人类往往都会这么想。但蜂鹰迁徙时会在关键地点呈九十度转换飞行方向，并用这种方式几乎飞遍了东亚的大部分国家。然而它们并不是漫无目的地绕远路，每次进出日本的固定地点是福冈，连出发和到达安云野的区域都基本是在锁定范围内的。

安装了追踪器的候鸟向我们偷偷传递秘密，它们不会理会人类的瞎操心。对它们来说，真正重要的不是目的地，而是迁移本身。那是跨越广阔时间和空间的移动，超出了人类想象的尺度。连问为什么的必要都没有。无论多么严峻的风吹雨打，无论疲劳是否已达到极限，只要迁徙是它们的生存本身，它们便会迁徙。就是这么简洁的真理。

这本书最打动我的一点是，它将迁徙比作"通向内心世界的旅程"。令人吃惊的是，听说从小被人工饲养、没有看过星空的靛彩鹀，长大后无论看多少星空，也已经丧失了定位的能力。候鸟们内心有星星，它们把这些星星与外部世界的星座相对照。导引自己的东西，其实存在于内心。而"去向外部的旅程"是"通向内心世界的旅程"的镜像……

这段话我让看护读了三遍。由于人类探求知识的需求，而无法拥有内心星星的靛彩鹀非常可怜。我很担忧它们将度过怎样的一生，但由于其牺牲而获得的事实却包含着崇高的意义。对此再多的感谢也是不够的。它们围绕地球这个天体的迁徙，也同时是探索自我内心的旅程。沉入意识深处的记忆，基因上携带的过去，强加于身上的命运，借由这看不见的时空之旅，它们向自己展示，自己到底是谁。

这样一想，感觉它们的迁徙就是走向死亡的旅程本身。翅膀扇动的速度快到让人误以为停滞不动，以此挣脱重力，从天空的边缘回头眺望世界。它们的眼睛一定会映照出这个世界的另一面。例如，已经无法用黎明或黄昏来表述的，那从地球和宇宙边界渗透出来的光。这是人类从未见过的、引导着候鸟们的光，即便说它是从死亡世界穿透而来，也没有什么好奇怪的吧？

想到这儿，我感觉好多了。所以我不想像那位雕塑家那样在前面带路。而是会默默地跟在最后。没有比它们更值得信任的先导者了。只要跟随着它们，你就会抵达正确的地方。

《迁徙的足迹》中还有令人难忘的一段话，我可以把它写在这儿吗？

生物会前往它们想要回去的地方。一个适合自己的地方。一个欢迎自己的地方。一个自己可能会扎根的地方。一个自己本就应该归属的地方。一个可以回归的地方。

即便，你今生还从未去过。

为什么那天我们不是带着外甥女去了湖边，而是去了海边？事实上，我们应该去湖边的。那没有波浪、湖面清澈见底、四周被湖岸包围着的安全的湖泊。我们那么熟悉关于湖泊的一切。她也还很小，我们三个人一起坐船也绰绰有余，而且你的划船技术比其他人都好。那么为什么没去湖泊呢？

我知道这个问题无论我问多少次，都不会有人得到救赎，但今天我仍然向着眼睑背后的黑暗不停发问。

那是一个盛夏的午后，蓝天万里无云。在海边租的大遮阳伞下，躺在沙滩椅上的三个人被遮阳伞大大的影子遮蔽着。宣布今年最高气温的电台广播，随着偶尔吹过的微风，混入海浪声中。

她穿的是有生以来的第一件泳衣。那是一件相当儿童款的泳衣，鲜红色带白色圆点图案，胸前和腰部还点缀着荷叶边，是住在远方的祖母寄给她的。更吸引我注意的是那顶用同样布料制成的帽子。帽子完全覆盖了她的头，脸颊周围装饰着双层荷叶边，下巴下面系着蝴蝶结。

她多么期待穿上那件泳衣啊！对她来说，去游泳就意味着穿上一件大家都夸她"好可爱、好可爱啊"的泳衣。泳衣上哪怕沾了一点点沙子，她也要立刻用毛巾掸掉，调整肩带，整理荷叶边的褶皱。因为总担心帽子有点大会容易滑落，她反复把脸伸到我面前，让我重新系上蝴蝶结。被蓬松的荷叶边围绕的她，看起来就像一只从母鸟精心建造的巢中探出头来的雏鸟。

我让你去买冰淇淋甜筒。店里的人都在排队，看上去要等上一段时间。我知道，在这种情况下，你是那种不会摆出厌烦表情、心甘情愿行动的人。所以后来你不在现场，也不是你的责任。

海水比我想象的要冷，而且隐约有些浑浊。明明阳光闪亮耀眼，但光线还没到达水中，就被海浪的漩涡吞没，不知道被卷进了哪里，所以即使你盯着它看，也看不清海底。能看到的只有她从救生圈下伸出的纤细的脚和一截截的海藻。

她发出了一声欢呼。也可能是一声悲鸣。第一次晕眩的滋味，与不安全感相反的解放感，潮水呛人的味道，无法形容的畏惧，被所有这些都同时包围着，我感受到身体内部传来的兴奋。她胸前的那些荷叶边在水面上晃动着。仿佛另一个与她无关的生物正在呼吸，一片一片，一直摇摆着，一刻也没有停歇。

我记得回头看了一眼海滩那边。虽说是回头看，但并不意味着我已经离海浪的边缘很远了。刚才我们三人躺着的遮阳伞的影子就在那里，还保持着原来的形状。我用视线在小卖部的人群中寻找你。想跟你说如果买到了冰淇淋甜筒，就在它融化之前赶紧回来吧。我惦记着这些无关紧要的小事，愚蠢地担心着我的零食。

我没能找到你的身影。也许是因为队伍依旧很长，也许是因为大家都穿着相似的泳衣，抑或是因为背光。我眼角的余光能瞥到泳衣的红色，手上有救生圈和她手的触感。

一个大浪袭来，视线转回来的瞬间，只看到那顶红色的帽子。我立刻用双手抓住它，但救生圈的凹洞里空空如也。唯一活着呼吸着的东西，是荷叶边。

之后发生的事情，就像我被讯问时，向各种人……向救生员、急救员、警察，总之向所有我分辨不出脸的人叙述的那样。我大哭着解释的那些话，一定很难让人听明白。尽管这样，大家还是耐心地听着。甚至可以说很温柔地回应我。

为什么要对我这样的人表现出这么大的忍耐，在极度混乱的内心角落里，另一个我，流露出无法理解的表情。

　　我完全不记得那期间你在哪里。无论我如何努力回忆，回想起来的都只是落在遮阳伞下，那沾满沙砾的冰淇淋甜筒冒出来的，过于甜腻的气味。

　　从你那里收到的信中，我感到最深的救赎，是你"拜托我的外甥女为失去视力的我将你写来的长信转化为声音"这句话。当读到那里时，我知道我已将你可爱的外甥女，加入在我的湖泊上乘坐单人小船的安静人群中。别人无法理解"害虫"的语言，基于"昼萤"光线的内在摩尔斯电码，她也成了能和我们分享这些的一员。她没有责怪我们无缘无故选择大海的错误，反而以她超乎常人的智慧，找到了隐藏在海里通往那个湖泊的航线。尽管那是一条非常阴暗的"狭窄黑暗的通道"。你在你的第一封信中就提了这一点。

　　在瞒着你的情况下做出残酷决定的那一天，我把所有不再需要的婴儿襁褓都拆开并扔掉了。尽管用的线比成人服装少，拆襁褓需要的时间反而更长。也许是为了保护刚刚出生还未成熟的婴儿，织物的图案都挤在小小的格子中。跟毛衣和围巾颇有气势而又顺滑地被拆掉形状相比，拆襁褓都是磕磕绊绊的，一小格一小格。残留着依依不舍的慎重。拆襁褓的难以形容的声音抚摸着衣橱的共鸣板，它从我的耳边掠过，没能到达楼上的工作间就消失在黑暗中。

我把那些弯曲、蓬乱的线揉成一团，两只手就能捧住，完全看不出它刚才是什么。比死掉的小孤还轻，或者干脆说它根本就像不存在。整夜不能入睡的第二天早晨，我把它放进冒烟的炉子里，烧了。只一瞬间，美丽的火焰升腾起来。

你没有为你外甥女的事责备我，但最终却没有原谅我拆那些婴儿襁褓的事。当然，即使现在，我仍然不认为能得到你的原谅。

我只是无论如何也无法知道，该如何用失去小外甥女的同一条手臂抱起我自己的婴儿。无论如何都不知道该怎么做。

是我邀请她去海水里游泳的，尽管她不是很想去，因为她担心会弄脏她的泳衣。

"当你在海水里，泳衣的红色看上去会更漂亮哦。"

我并没有骗她。被海水浸湿之后，泳衣的颜色更加艳丽，突出了她半透明的柔软皮肤。水滴溅到帽子上，反射着阳光闪闪发光。她紧紧抓住我的手臂。没有人告诉她，但她知道，只有面前这只手臂能在广阔的海洋中支撑住自己。

我们未能出生的孩子，仍找不到迎接他的玩具，直到现在还在白色地毯上进行着爬行比赛。那个画肖像画的年轻人，能给这样的小婴儿描画未来的脸吗？

"是的，那当然。"

那个有着明亮眼睛的年轻人，一定会温柔地点头回答。

由于呼吸道肌肉问题引起血氧浓度下降去住院的那段时间，我试着在一群候鸟后面笨拙地拍打翅膀，但我想我学得还不够，半路上就被赶了回来。但我感觉能隐约听到翅膀划过天空的声音。如果我即将踏上的是一次"通向内心世界的旅程"的话，那么在我前方的一定是一个湖。一个没有地轴和两极，像地下行星一样的湖泊，一个只有一张票沉在底部，上面只漂浮着单人小船的湖泊。那些船对我来说，是内心的星座。

而候鸟们却绝对不会露出疲惫的样子。在筋疲力尽，跟跟跄跄，即使漏出一点叹息也很自然的旅行中，它们却始终保持着平静。在野生的世界里，任何软弱的迹象都会引来危险，所以我们也许没必要对此感到惊讶，但它们的坚定冷静更有一种超越常理的神秘感。如果把这解读为单纯的忍耐，那就太失礼了。倒不如说，这个姿态才最能表现它们真实的精神世界。

它们飞走了，在天空中没有留下任何证据。这个世界上所有的一切都会在半路上结束没有终点的旅途，回到熟悉的最初的地方。它们也不例外。

等待你的回信，就像是等待一个高高飞向夜空的界外球落下。因为你的左眼被松枝弹伤，右眼被引爆器炸伤（就像《春琴抄》中的佐助一样），天空总是被浓重的黑暗所覆盖。也许是出于对在猜拳中败北的我的关心。本来可以看白天的比赛，但你还是选择了夜场。

棒球的白色被直接吸收到黑暗中。没有什么能干扰那个白色。风停了，探照灯的灯光已经够不到它，如果你不经意地眨了眼，就会无法分辨它是在上升还是开始下降或者是静止不动。它变得越来越小，但不会消失。在空中印刻出一个确定的点。它和遥远的过去的那一天，你在地下坑道里指给我看的那个光点，一模一样。

我抬头仰望黑暗，为了不眨眼，用力睁大眼睛。我一边担心自己误判，那个点如果不是一个球，而是一个白色的星星该怎么办，一边又早早地感受接住它时从手掌传来的触感。这是一个界外球，所以即使球落地了，跑垒者也不会上垒。不会失分的。我告诉自己没必要慌张。我冷静下来，确认脚下，并把双臂举向空中。黑暗中我的手臂是那么不可信赖，几乎只能看到骨头。不知是因为喜悦还是畏惧，我的指尖在微微颤抖。我的队友们到底在哪里？罚球区宽敞而空旷，没有其他人的身影。只有我一个人。带着竭尽全力的告别打出的高球，越飞越高，无论是否突破天际。

今天早上，看护给我读了一篇有趣的报纸文章。她跟我相处很久了，完全知道我对什么话题感兴趣。

"哎呀，真的吗？竟然会有这样的事。嗯……世界之大……"

出于提高我期望值的好心，她先发表了一通自己的感想，然后又装模作样哗啦哗啦地翻动报纸。

"亚马孙这种地方，我一辈子都不会去吧。也没什么必要去那里。想到这个世界上有一些你永远不会去的地方，这难道不会让你有种安心的感觉吗？这想法奇怪吗？虽然我说不清楚，但……"

在距离海洋一千六百多公里的亚马孙内陆地区，没法摄取足够盐分的蝴蝶靠喝龟的眼泪来弥补它们缺乏的钠元素。食肉龟能在体内储存矿物质，这些矿物质会随着眼泪一起流出来。龟没有感受到痛苦或是遭受到实际的伤害。它们没有表现出任何为难的样子，默默地任由蝴蝶做它们想做的事。

"报纸上还有照片。蝴蝶停在龟的鼻子上……这看起来简直就像天堂里的一幕，不是吗？"

我想，下一次轮回转世的时候，我们如果能成为亚马孙的龟和蝴蝶再次相遇就好了。龟趴在水边的岩石上，把脖子伸向太阳，很悠闲地放空。这时候，不知从哪里飞来一只蝴蝶。龟注意到了这一点，它尽可能地保持不动，以免惊吓到蝴蝶。谨慎的蝴蝶起初犹豫不决，但最终还是下定决心，轻轻飘落到龟的眼前，两只翅膀合在一起立起来。它们的视线没有交集，但轮廓却是自然地连为一体，尽管它们各自有着坚硬的龟壳和柔软的翅膀，是完全不同种类的身体。

蝴蝶摇晃着它的触角，一边把它那吸管一样的嘴凑到龟眼睛的边缘。龟继续假装没有意识到发生在它身上的事。因为这样可以让蝴蝶尽情地喝下它的眼泪。当然，蝴蝶也意识到了它的心意，它也开始担心自己过长的嘴会不会伤到龟的眼睑，或者鳞粉会不会飞散到它的眼睛里。

森林深处不断传来生物的叫声和气息，唯独它们被包围在一片寂静之中。有时候，树丛里洒落的阳光在龟壳上画上花纹，风轻轻摇动蝴蝶的翅膀。那是背着深绿色沉重龟壳的龟，和黄绿色翅膀上点缀着黑斑的蝴蝶。

最终，蝴蝶满意地飞走了。龟眨了眨眼睛。它们都没有向对方示意告别。

你和我，谁是龟，谁是蝴蝶？我们用猜拳来决定吧。只会出布的你，和只会出石头的我。

在从敞开的窗户潜入木香花气息的破晓时分

第
十
四
封
信

季节正在逐渐转换。不是以一种无法逆转，像踩着阶梯
往下走的方式逐步降温的，而是有时炎热意想不到地突然回
归，有时寒冷又似乎抢跑提前到来。整体上，一个唤醒过去
一年感受的大分水岭正在逐渐临近，这一点从每天早晨打开
面向山谷的实验室窗户时，空气中传来的甜香就可以感知到。
外甥女告诉我，山坡上有些地方开了粉色的花。这里的海拔
高度不低。我猜想它们可能是我以前很喜欢的阿尔卑斯玫瑰，
但我不记得曾经在这个地区看到过什么色彩鲜艳的野花。因
为栖息在附近的野生动物们会来吃矿物质丰富的黏土质土壤，
所以那边的地都被翻乱了。花丛所在的地点似乎靠近那里，

这也让我觉得无法想通。于是，她偷偷地沿着林务人员走的小路到现场去确认了。有两片薄薄的粉红色小花瓣朝着正面打开，后面有一片同色系的大花瓣，中间有黄色绒球。叶子是心形的，相当大。从描述来看，它似乎是 Begonia grandis。

我的大脑可能也正在经历季节性转换，过去能流利说出的日语花名一下想不起来了。虽然想不起来也没关系，但因为要写在寄给你的信上，我决定谨慎行事，请人从拉丁学名查回去，查到的结果是秋海棠。窗外空气的凉意与花名重叠在一起，"咽喉间，氧气冷冽，秋海棠"的诗句不知为何脱口而出。尽管如此，作者的名字却还是很暧昧。咽喉间，氧气冷冽。这首俳句的作者一定是在接受肺结核的治疗。当他躺在那里，用被压碎的肺痛苦地呼吸时，能看到窗外盛开的水红色花朵吗？还是说他就是这样称呼从自己身体里吐出来的淡粉色液体呢？

每当我收到你的信，就会被一种接近氧气冷冽的感觉击中。把纯粹的、不含杂质的生命之源，从气管吸入的同时，瞬间也被这几乎将我肺部冻伤的致命凶器般的寒气所包围。这次的信，我让外甥女读了很多遍。你的话语像往常一样淡然而平静，但等读到结尾，它们都像黑白棋游戏一样彻底反转，像是让感到痛苦的我禁止吸入氧气。在身体深处，一条我不知道的情感之线开始颤抖，本就稀薄的空气变得更加稀薄，让我忘了原本要做什么。然而，正是因为这样的状态已经过去，我才决定把它写出来。

先说好，我是打算吞下冰凉的氧气的，以免产生误解。无论是对我外甥女，还是对那个本应被包裹在襁褓里的孩子，宽恕或不宽恕的表达都是不合适的。我也不认为在那片海上发生的事是由你的无意识导向的结局。从事故发生后你僵硬和崩溃的状态可以看出来，这是很明显的。那件事，我也有很大的责任。那天不管你再怎么拜托，我都不该为了用冰凉的冰淇淋让你们俩高兴而离开那里。如果永远消失的存在能用"不在"这个词来代替，未免太随便了。若允许转换说辞的暴力，人就可以尽情地掩饰他们的罪过，并轻松地生活下去。我们在生活中需要的是对他者的想象力，也正是对这种转换说辞的暴力采取拒绝态度，这一点我们已经互相确认过好多次了吧？不仅仅是语言。所谓的表达都是这样。要描绘没有出生的孩子的面孔，描绘被拒绝来到这个世界的孩子未来的面孔时，它也是一种必要的力量。公园里的画家至少有着真实的想象力。而那想象力的一部分成果，就这样留在了我们手中。

但是现在我所能依靠的只有自己的想象力。叙事长诗就从这一点开始。当我飘浮在声音无法传播的真空黑暗中与你交流时，为了不陷入无法控制的状态，我全力尝试的是"寻找不存在的东西的痕迹"这一完全矛盾的做法。或者，也可以理解为"倾听无声的声音"。只要还停留在原谅和不原谅这样的表面阶段，我们就无法听到更重要的声音，更细微的声音。我早已经过了这个阶段。正因为这样，我才可能与你通信。

声音是一种非常难处理的信号。我永远不会忘记，当我还是个小男孩的时候，饲养的一对小鸟产下的第一个蛋即将孵化时，我所经历的惊喜。在那之前，我一直以为雏鸟长到一定大小后，蛋壳会自然地破掉，雏鸟也就自然地来到外面。雏鸟接触到外界后就会咿咿呀呀地鸣叫，这也是从婴儿出生时的啼哭联想而来。然而，雏鸟不仅靠自己的力量跨过了界线，甚至当它们还在蛋壳内，就已经开始鸣叫了。它们本能地察觉到自己不能停留在鸟蛋狭小的空间内，于是勇敢发起了战斗。当我听到这微弱的声音并意识到它来自何处时，整个人陷入半疯狂的状态。我没有想到，这个生命成形时的喜悦时刻，居然会演变成从封闭空间靠自己的力量逃脱的戏码。

争分夺秒。我急忙给学校打电话，问科学老师我是否能帮忙让小鸟出来，但被告知我们只能任由它发展。老师严肃地说，这些雏鸟现在还没有视力。它们闭着眼睛被关在封闭的壳里，既存在又不存在，处于一种悬浮的未生状态。如果它们不能克服这一点，即使到了外面的世界也很难生存，这是考验生命力的重要分界线。幸好，声音的主人，最后用它小小的喙打破内外界线，赢得了生存的权利。我终于放下了心，同时也为自己不曾像它们这样克服过严酷的考验而感到羞愧。

　　但这种先于破壳而出自发行为的叫声，是对谁发出的呼唤呢？我在不需要天线或增强器的近距离下听到的，是一边还置身于内界报告自身的所在地，一边又试图向外界进发时发出的求救信号。只要那个信号被作为信号听见，雏鸟就继续处于既存在又不存在的状态。那个被海浪夺走的孩子，和那个在我不知情的情况下因为海浪以外的力量与我告别的孩子，可以说，仍然在你和我之间，在一个还没有完全裂开、不属于任何地方的世界里。我想要这么想。我想强迫自己承认这一点。我们想把一个已经结束事件的可能性重新推到未来才可能发生的状态里，让它维持在想象中。它会发生，或者不会发生，什么都不知道，状态也未确定，我想不破坏这种状态，就这样把它送到未来去。在意外发生后，在我被告知事实之后，我曾做出什么样的反应，已经不需要再去回想了，不是吗？

*

这次收到你的信过了大约一周后的下午，为了查一些在自家研究室查不到的资料，我和外甥女一起去了研究所。我们用不可能存在的指纹进行自动认证后，门卫叫住了我们。

"老师，其实今天早上发生了奇怪的事情。"

门卫已经在这里工作了几十年，是像活字典一样的人，能正确感知到用监视摄像头无法捕捉到的访客气息，并用浅显易懂的说法表达出来。

而且他只会说自己亲眼看到的事情。至于流言和传闻之类的，则向来只收在心底。有一次，当我聊到他是如何处理一直积攒下来的他人话语时，他一脸认真地回答我说，一旦想说就会喝点对人体无害的小苏打把它溶解掉。这个大家都信赖的门卫对我说，他今天上班的时候，像往常一样搭船过湖，在船上遇到一个没在村子里见过的娇小女子，还交谈了几句。他断言那女子看上去不像是来旅行的打扮。她打扮很简单，穿白色开襟衫和藏青色裙子，脚下是柔软的黑色浅口鞋。当门卫问她去哪儿时，她也回答了。

"不知道声音是从哪里传来的，听起来像腹语一样。我对她说，码头附近是利用自然地形挖出来的像深坑底部一样的地方，那样的装扮如果要走过去的话会很辛苦。而且从今天开始，这几天要举行不对外开放的学术会议之类的活动。一般人没有许可就不能进村，如果有认识的人担保身份的话就没问题。她戴着墨镜，看不到眼神，但是腹语术的语调和老师您的很像。我想大概是和老师一样的国籍、同样的职业吧，一不小心就说了您的名字。结果她说，她就是来拜访您的。啊，这么巧啊，真令人高兴！我告诉她说，如果她想找您，现在这个时间您应该没到研究所，可能还在家，关在自己的研究室里，但您家小姐会接待她的。我刚说完，她突然脸色一变。像是从多层调光滤镜中快速抽掉了决定性的一片那样，十分明显的变化。然后她用刚才的声音问我，是有一个女儿吗？"是啊，准确地说是外甥女。"我刚说完，那个女人的身体突然从地上稍微浮起来些，就像坐上看不见的轮椅一样，从刚刚的栈桥穿过通往村道的小路飞快地滑了过去，融化在周围的景色中，没有留下脚印或轮椅车轮的痕迹。可是当我问船夫你看到了吗，他却露出惊讶的表情，反问我看见了什么。我说就刚刚那乘船的女人啊，她消失了啊，就在那个角落。船夫越来越惊讶，问我要不要稍微休息一下。他居然说，今天早上除了我以外没人搭船啊，来参加学术会议的老师们两天前就已经载完了。"

　　走廊里，空调的声音低沉回荡，外甥女紧紧抓住我的胳膊，身体僵硬。门卫用很平静的声音继续说道："她很瘦，感觉像是长着薄薄的翅膀轻轻飞舞的蜉蝣。而且是最高贵的、翅膀上凝结着清澈水滴的那种。"事实上，现在我除了以不输于写叙事诗的精力研究从恩师那接手的梦幻"昼萤"的调查外，还有一个主要研究方向，而门卫的话暗合了这一点。这是我自己只用指尖的感觉发现的一种叫"水叶蜉蝣"的新品种研究。这种蜉蝣只有雄性的翅膀透明得让人联想到贴在载玻片上的盖玻片，而且两片翅膀中间含有水分，上下贴合。本来应该要轻到极限以利于飞行的翅膀，为什么会赋予重量呢？对于只保留最低的力量来保证飞行的蜉蝣来说，翅膀的重量无疑是致命的。是因为阳光下的水有助于维持体温？或者，它可以一滴水都不喝，仅靠翅膀里积蓄的水分就能生存下去？又或者雄性可以将自己的身体，连同水分一起提供给雌性？我列举了各种各样的可能性，用敏锐的手指和舌尖与这个不可思议的生物交流。但是知道这项研究内容的只有所长和当我助手的外甥女，还有门卫。这些年一直横亘在我心里的不安漩涡，忽地变大了。

"要说年纪嘛，因为在这个村子里，所以不太好判断。冒昧地说一下给我的印象，她像是一个有很多能配合年龄转换面孔的面具、像演员一样的人。"

听到这里，我确信了。门卫看到的那个女人，一定就是时常在抽屉里改变姿态的那张肖像画的各种面相之一，也是我最熟悉的那个时期的你。用墨镜遮住的眼睛，恐怕是昼萤色的吧。守卫知道我眼睛不好的事，也知道"昼萤"引发的那场骚动。他特意补充说，对了，那个女人走上码头的时候，湖水的蓝色显得更深了。不晓得是不是纪念品，她手里好像还拿着红色的小孩帽子，蓝色和红色的对比真的很鲜明呢。

但是那个女人既没来我家，也没有来研究所。村里的每个人，当然包括船夫在内，也都坚持说没看到那样的女人。我不觉得门卫在说谎。我再说一遍，他是个值得全面信赖的人。我确信那个女人一定是你，就像一只愿意以直角改变方向的候鸟，消失在了半途中。但我已经发现了痕迹。微弱的鸣叫声变成了石子，落在路上到处都是。在我以前上学的那间学校院子里，在让我失去视力的昼萤池的周围，还有那煤烟味弥漫的矿坑遗迹，以及长时间荒废的宇航员训练池底部，像蓝宝石一样的石子在闪耀着，那里面仿佛锁住了天空和大海的蓝色。蓝色星星的花束。让人感受到世界气息的巨大地底之眸。你不是那种会佩戴宝石的人，那些晶体想必是什么超越了人类智慧的力量所产生的吧。宇航员训练池的清洁工捡起石子，用干毛巾仔细擦拭最大的那块，把它收在办公室的玻璃柜里，过了一会儿，从里面传来了不知道是人声还是鸟语的微弱声音。

无论如何都想亲耳听听那个声音。那一定是我必须听的声音。听说这件事之后，我马上去了游泳池管理处，请他们让我碰碰那块石子。我把它贴在耳朵上，试图听到些微弱的信号，或者是那一听就知道是来自你的声音。但是，我什么也没听见。接着我把它放进嘴里，一边品味着冰冷石子的蓝色触感，一边想要融化它坚硬的屏障。我期待自己可以像矿石收音机一样，捕捉到些石子发出的电波。可是期待没有实现。石子就是石子，它就这样麻痹了我的语言中枢，让我什么句子都说不出来。后来听说，它被怀疑可能是从宇宙来的飞行物，被送去了研究所本部进行分析。结果还没有出来。我通过熟识的研究员得到的唯一信息是，这石子曾被什么坚硬的东西，但不是金属而是类似生物体的一部分尖锐地刺伤过。比如像鸟的喙，或者像龟壳一样的有机物。

　　我们是否仍然远离对方，依然无法突破彼此坚硬的壳，只能用出生前不可靠的声音与对方交流？如果世人所说的爱，从来都是已在为分离做准备，那么是否有一份新的爱，隐藏在分离后流动的空气中？

　　亚马孙深处的蝴蝶为了眼泪中所含的钠而吸食龟的眼泪，这故事真是美丽又哀伤。我信里前面也说过，会来我家附近寻找富含矿物质土壤的只有哺乳动物。昆虫们应该有地方能吸收到足以维持生命的钠吧。研究室里收藏着相当数量的摄影杂志。读了你的信后，我试着找了找相关的图像。说是这么说，但我做的其实只不过是用指腹来摸索纸张。当食指的指腹开始微微发热，我感觉你那冰冷而温暖、令人怀念的手指掠过我的脸颊，轻声对我说，就是这里了。是外甥女找到了你信中所述的那张照片。她认真地用语言描述了照片的场景。而且不知为何，她说话的口吻有你的影子。眼泪中的钠是不是像蜜一样散发着香甜？不止一只，而是有好几只蝴蝶都被吸引过去，翅膀的颜色就像是一幅绚丽的拼贴画。她像个诗人一样描述道。

然而，你就这样只留下了薄薄的影子，再次从我视线中消失，同时又逼迫我做出这么残酷的选择，说什么如果能轮回转世，我们中的谁是龟谁是蝴蝶呢？诚然，对于你总是不能选定一个的性格我是很喜欢的。到现在我也依然如此。但是，如果我还有机会再次与那时候的你相遇，不管是猜拳还是抽签，我都不可能在二者之中做出选择。一直以来，我们从对方的眼泪中吸收矿物质。我们从自身以外的各种故事、各种文字中获得养分。没有什么语言是完完全全只属于自己的。这是我们的共识。正因为如此，我们才能从黑暗的隧道尽头，从湖底，寻找到维持生存的矿物质。如果无论如何都需要钠的话，去海边就好了。去找到岩盐就好了。虽然和其他动物在那样的地方相遇也伴随着危险，但是为了达成超越时空的再会，从海岸线走到相隔几百公里的内陆地区，需要巨大的勇气吧？比起鳄鱼的眼泪，吸食龟的眼泪可能要更为安全。即使在那样的情况下，我们能做的也只是并肩坐在一起直视前方，同时感受着温度和距离，就像我们在天鹅船上一样。

如果还有什么是应该一起做的，那就像我们在事故发生后一直做的那样，成为一只蝴蝶的左右翅膀。就像双手合十那样，翅膀收叠并拢，两个人一起把藏在龟眼泪里的语言和积蓄了一万年的记忆吸取过来。为了看不见闭合部分的花纹，把翅膀笔直地立起来。只要它们是闭合的，就无法起飞。它只能成为一张垂直的帆，空出一点点的间隙让风流过。不是龟和蝴蝶的对比，而是把意识集中在更脆弱的蝴蝶上。我能想象的轮回转世，只有在那样的协作中才有可能。

　　我的外甥女有时会拿出另一张我拍的照片来看，那是在湖畔房子需要伸手摸索的黑暗中，一边做着意料之外的编排，一边由我身体里的另一个我拍下的照片。她似乎在我看不见的你的照片中，找到了甚至从她自己的母亲那儿都没感受过的原始语言和身体接触的本质。那是什么时候来着？她说阿姨那个时候抓住了我的手。她紧紧地拉着我，就这儿，就紧拉着我手这儿，不让我走远，我很害怕，觉得很难受，因为我的挣扎，阿姨也差点被拽下去了，但是她还是一直拼命抓着我，直到抓不住为止。你用你的解释，让生命成立了。这没有丝毫的错。但是，我的外甥女注视着你各个年龄阶段的脸，用和你几乎一模一样的声音，诉说了不同的视角。仿佛在说，你错过了的石子的声音，就在这里哦。

　　你现在在哪里？你是否在安全的轮椅和看护的保护下，正确地吸取着冷冽的氧气？我们两个人的时间在哪里扭曲了呢？原以为是我身体里的另一个我，一个虚构的我，现在作为真正的我，正在寻找你的气息。在被撕裂的回忆中，你的形象从神秘的肖像幻化成看不见的照片，又幻化成这张照片上，像被故意按下的闪光灯一样曝闪的萤火虫。越想心越乱，而且总觉得有种像解脱似的感觉，是因为连接我们三个人……或者更确切地说，是四个人的龟的眼泪还没有干涸吧。应当相信这泪水。它能产生切伦科夫光，让蓝色花束一样的眼睛发光，成为那困住未出生声音的蓝宝石，这水滴无论如何也不能干涸。只要我们能一起啜饮那泪水，就能像曾经穿越鞑靼海峡的"蝴蝶"一样，用笨拙的扇动控制反射着蓝紫色光芒的翅膀，继续飞翔。这就是我的梦想。

　　你还记得那天我们在收听船舶气象报告的房间里，一起看租来的影片吗？那是一部在电视上看过好几次的片子，除了广告打断的部分外，每个细节都记得很清楚，但因为满减折扣的宣传，我还是把它放进了购物车。《Fantastic Voyage》[1]。你甚至不知道这是一部早期的特效片。而且，你一副"又要看这部吗"的表情，但那天正好是还片子的日子，所以我们决定悠闲地吃个午餐，然后一起观影。这是一个荒诞的故事。以军事机密作为交换寻求庇护的男子，被试图阻止他泄露机密的同胞袭击，导致大脑出现血肿。获得机密的唯一方法是把他那位于无法手术部位的血肿清除掉，以此挽救男人的生命。于是载着医疗团的潜艇被用特殊装置缩小到微观尺寸，并注入颈动脉。潜艇克服了一系列的困难，抵御了试图消除异物的白细胞的攻击，最终到达了目的地，但缩小的效果只能维持一个小时。和一轮船舶气象报告的时间差不多长。时间一过，一切都将回到原来的大小，即使治疗成功，患者的身体也会被巨大化的异物从内侧撑破，本可挽救的生命也会化为乌有。而且大家越来越怀疑船员中有叛徒试图阻止这项任务进行，同伴间的互相猜疑营造出悬疑的效果。

和已经看了不知道多少次早已知道结局的我不同，你看得异常专心。一切都是那么实打实，医疗总部的气氛更像是

1　指 1966 年上映的美国电影《神奇旅程》，由理查德·弗莱彻执导。

军事行动的指挥中心，它与人体内部的各种颜色和形状的画面形成了巨大的反差。你在这种恐怖中忘记了眨眼，紧紧盯着小电视机的屏幕，仿佛要吞下它似的。每当电影中遇到大危机时，你就向我伸出冰凉的手。这么说来，来这里之后，有过一次和外甥女一起"听"这部电影的机会。当时从研究所资料室将这部片子连同放映设备一起借了出来，在她还小的时候。被称为"手术"的"战斗"刚开始，她就看得惊愕出声。因为医生们乘坐的潜艇是以擅长变身和预言的希腊神名字命名的。她一直不停地说，我们搭这艘船去找阿姨吧，和舅舅一起坐船，这样就能从湖底去大海里了。也许，她在那时候就已经预感到了你现在的状况，希望用那艘船来调查病因，如果运气好的话，说不定还能像内窥镜手术一样把病灶切除掉。

　　我犹豫了。因为这艘像宇宙飞船一样的潜艇让我联想到了天鹅船。我不想把那天冷汗直冒惶恐不安的痛苦记忆投射到这个村庄的平静现实中。本来这样的船要到何处去找呢？哪里都不会有。另一方面我也重新认识到，那艘天鹅船并不是在湖上滑行的交通工具，而是潜入未知世界的装置，或者是像知道应该回去哪块土地的候鸟一样在空中飞舞。虽然揭秘电影结局这做法不太好，但这是私人信件，应该没问题吧？最后拯救医生的正是蝴蝶伸长口器吸食的那种液体。是既介于内外侧之间的状态，又同时打开了向外回路的泪腺。我是不是可以认为，能包裹并拯救我们俩的，也是眼泪？

你的眼睛依然闭着吗？泪水流淌，像是冲破了紧闭的帷幕。有时候，也会决堤而下吧？那里恐怕是储存着对维持生命来说不可或缺的钠吧？那个液体，一定有用蓝色眼睛花束捕捉宇宙光的质量和深度。未知的语言和情感，从现在开始孕育的尚未诞生的表达，都融入其中。必须吸入的不是活了一万年的贤者的睿智，而是主动闭上的眼睑也无法遮断的一颗颗的水滴。龟还是蝴蝶。让我们抛弃这个二选一的选项，成为蝴蝶吧！变成停在天鹅船顶上，朝着"各塔台，各塔台"声音飞去的蝴蝶翅膀，我在左边，你在右边。这是唯一的方法，可以紧邻着对方，却又保持无限遥远的关系。如果我们能很好地利用气流，也许能向天空中投送矿泉水瓶的漂流瓶。

从研究室的窗户看见外面的山谷，阳光已经洒落下来。隐约可以感觉到。随着温度的升高，空气中多了草丛被晒热的味道。理所当然地用两只眼睛从这里眺望外面的景色，这是多久之前的事呢？年少时看到的梦幻"昼萤"之光，我们俩一起看过的蓝色玻璃眼珠，反射了朝阳的水叶蜉蝣翅膀上的光斑，还有你嘴角浮现光影的笑容，在失去功能的眼睛深处，一个接一个被照亮了。有时候因为太阳，有时候因为身体状况，影像会变淡变浓，或是抖动模糊。但我是多么幸运，当时的记忆仍然没有消失。外甥女好像还在睡觉。我能听到鸟的声音。是轻轻歌唱的清脆叫声。我从研究所音频图书馆借来的磁带上听鸟叫时学到的一些熟悉的声音在回荡。北红尾鸲、黑喉石鵰、伯劳。我没有把握对不对。舅舅，季节根本不对啊……外甥女又会纠正我吧。传来小卡车的引擎声。每天早上它都会给我送来刚挤的瓶装牛奶。这大概就是我现在的漂流瓶吧。剥下紫色的塑料薄膜，取下硬纸盖，直接拿瓶对着嘴喝，结果又被外甥女骂了。拜托拜托，倒到杯子里再喝好不好？是的，和你完全一样的时间点，用同样的语气。既然没有拥有万年生命的生物眼泪，那不如就喝牛奶吧。各塔台，各塔台，这是昼萤村。结束。再见。为了不错过彼此的声音，我不会再伸手抹去从你眼睑渗出的蓝色水滴。

在浓雾笼罩的湖边

第一封信

平出隆《用明信片给唐纳德・埃文斯》，2001 年，作品社

敦・德勒根《幸运的松鼠》（*Bijna iedereen kon omvallen*），长山先 译，2018 年，新潮社

第二封信

Evgen Bavčar.-*Le voyeur absolu*, Paris, Seuil, 1992.

Evgen Bavčar et Esther Woerdehoff.-*L'innaccessible étoile. Un voyage dans le temps. Der unerreichbare Stern. Eine Reise in die Zeit*, Bern, Benteli, 1996.

第三封信

安妮·弗兰克《安妮日记（增补新订版）》，深町真理子译，2003 年，文艺春秋

今福龙太《亨利·梭罗　野生学舍》，2016 年，美铃书房

第四封信

1 monde réel, Actes Sud et Fondation Cartier pour l'art contemporain, Paris, 1999.

港千寻《离心力——冒险者们的性价比》，2000 年，白水社

第六封信

奥克塔维奥·帕斯《蓝色眼睛的花束》（*El ramo azul*），野谷文昭 译，《拉丁美洲五人集》，1995 年，集英社文库

宫泽贤治《青森挽歌》《校本宫泽贤治全集第二卷》，1973 年，筑摩书房

巴甫洛夫《关于大脑半球的作用——条件反射学》（上下），川村浩 译，1975 年，岩波文库

柘植秀臣《条件反射是什么？——巴甫洛夫学说入门》，1974 年，讲谈社 Bluebacks

第八封信

R. 施特劳斯和霍夫曼斯塔尔《歌剧〈玫瑰骑士〉诞生的秘密——往返书信集》，大野真 主编，堀内美江 译，1999 年，河出书房新社

三宅新三《理查德·施特劳斯与霍夫曼斯塔尔》，2016年，青弓社

Alphonse Daudet.-*La Belle-Nivernaise: histoire d'un vieux bateau et de son équipage*, Paris, C. Marpon et E. Flammarion, 1886.

都德《川船物语》，樱田佐 译，1953 年，角川文库

第九封信

普里莫·列维《奥斯威辛不会结束——某意大利生存者考察》，竹山博英 译，1980 年，朝日选书

第十封信

《船舶气象报告规定》，海上保安厅告示第一号

《无线电台运用规则》，总务省

宫古岛船舶气象报告

https://www.youtube.com/watch?v=6PngiXZTaQQ

窗·道雄《山羊的信》《窗·道雄全诗集（修订版）》，2001 年，理论社

伊茨哈克·卡采尼尔森《被毁灭的犹太人民之歌》，飞鸟井雅友　细见和之 译，1999 年，美铃书房

Yitskhok Katzenelson.-*Le Chant du peuple juif assassiné*, Paris, Zulma, 2007.

Yitzhak Katzenelson.-*Journal du camp de Vittel*, Paris, Calmann-Lévy, 2016.

第十一封信

窗·道雄《窗·道雄诗集》，1998 年，Haruki 文库

第十二封信

《窗·道雄》《窗·道雄全诗集（修订版）》，2001 年，理论社

第十三封信

梨木香步《迁徙的足迹》，2010 年，新潮社

当偶然变成必然的时候

卷末特别对话：小川洋子×堀江敏幸

在什么都没决定的情况下就开始创作的小说

小川：记得连载开始前开碰头会的时候，听责任编辑讲古巴旅行的事，还给我们看了邮票，对吧？

堀江：碰头会记不太清了，我只记得说到土特产的事。（笑）

小川：那时给我们看了充满手工制作感的古巴邮票，给我留下了深刻的印象。

编辑部：两位完全不商量登场人物和故事情节，当时定下来的只有"女性和男性书信交流"的形式，这一点挺令人吃惊的。

小川：是啊。在具体决定创作方向的时候，我意识到对自己还没有写的小说考虑太多细节是非常痛苦的。要写这样的人物形象吧，用这样的设定吧。但总是会被一些"明明还没开始写，决定不了！"的想法困扰。所以，虽然没有特意提出积极的建言，但堀江先生是体察到这一点的吧？

堀江：与其说还没开始写无法考虑，不如说我是那种在写的时候也不想考虑的类型。（笑）总之，我知道小川女士会引领我。也有其他一些共同创作的方式，由大家一起制定故事情节，但不清楚二人中由谁来负责哪一部分。但我知道，这个作品不是这样的。它采取了书信交流的形式，所以当故事开始启动，我就会顺应它的发展来创作。我想，只要小川女士先开始写了，我来回应她的内容就可以了。

小川：不知道该写什么的焦虑、对堀江先生将会如何回应我的焦虑，与自己单独写小说的焦虑之间并没有那么大的区别。

当我说"我是在什么都没决定的情况下就开始的"，你可能会感到惊讶，但我认为这实际上是作家们每天都要反复面对的事情，因为一部小说在你写的时候总是焦虑的，无论在什么情况下。

在写下开篇第一句之前总是会经历痛苦的过程，但在这部小说中，我认为第一行尤为关键："我决定永远闭上眼睛。"我就不详细展开了，之前偶然读到的一本纪实文学，给我留下了深刻的印象，它为我开始写这部小说打开了大门。我想就是因为终于写出了包含向各种方向发展的可能性的开篇第一句，所以这本书才有了真正的开始。

编辑部：小川女士执笔的第一封信，它的设定是一封不知道由谁写给谁的信，是吧？

小川：因为即便隔着眼睑带来的黑暗，也想向着对方传送文字，所以我知道对方一定是生命中的一个重要人物，但

我也想等一等，期待看看堀江先生会怎么接球。如果我做了一个预设，却被背叛了，那就太悲哀了。（笑）

堀江：作为小川女士作品的忠实读者，我希望能够贴近她的世界，或者说，进入她的世界。话虽然这么说，但这次不仅仅是阅读，还得自己写。但她一开始就写了闭上眼睛，我对自己说："我到底该怎么办才好？"（笑）这感觉就像是一开始就有人对你说："已经结束了！"我甚至不知道"闭上眼睛"是一种意志性的行为，还是不容分辩的决定。作为收信的一方，我首先想到的是，她是否有可能重新打开眼睑，如果有，我能做些什么。

品种出人意料的花

编辑部：收到第一封信后，堀江先生在回信中用男性第一人称"我"写回信。能感觉到和第一封信中的"我"关系很亲密。

堀江：重要的是"思念珍重的人"这一有温度的设定。

当写到"本来应该离得很远的东西，因为闭上了眼睛，终于重逢了"，它被呈现为两个人是否能再次相见的主题。因为其中有"希望也能成为这样的夫妻"的句子，我还考虑过这将是一个关于情侣的故事。

在第一封信中，有一个地方可以感觉到小川女士已经不自觉地给了我引领。在第五封小川女士的回信中，出现了"魂柱"这个词，女性笔者给它注音为"konchyuu"。我理解为，（它通过同音词的方式）使之与男性的"我"贴在信上的那张画着"昆虫"的邮票联系起来了。而男性的"我"把它的语义替换为二人之间通信的支柱，理解为"灵魂的支柱"。除了"虚构的昆虫"之外，"唐纳德·埃文斯""我的外甥女"和《安妮日记》也频频出现在故事中。虽然还不知道它们之间有什么关系，但我必须遵从这些要素。

接下来提到了翻译。把我不懂的语言翻译成我懂的语言的人物登场。女作家的朋友是一名翻译，当她翻译关于只认识一个字的大象的故事时，她用了"く"。然而，女作家选了"ん"。我有一种到最后会以"ん"来结尾的预感。尽管已经被一开始的闭上眼睛震惊过一次，我忍不住想，这是不是一个循环，提示了整体的示意图，不管写到什么话题，最后一定会回到第一封信中。当然，小川女士可能并不打算这样做。

小川：不管我是有意识地还是无意识地，播下的种子发了芽，一朵接一朵，开出了品种出人意料的花。而且它们不是孤立绽放，而是根部互相纠缠着。尽管真的没有事先商量好什么，但这让我感到偶然性的恐怖，有毛骨悚然的感觉。

堀江：还有被关着的人、把自己关着的人的句子也出现了。

小川：虽然不知道堀江先生是怎么策划并编写出来的，但是描写昆虫画邮票，是为了开启被困在小小的锯齿四边形空间世界里发生的故事，这会带来后续的各种可能性。

堀江：说到邮票，第一封信的结尾处出现了电影《Fargo》[1] 中的一个场景。讲的是一对夫妻躺在床上，丈夫的

---

1 指 1996 年上映的美国黑色幽默犯罪电影《冰血暴》，由科恩兄弟执导。

画稿被邮票选用。我不知道这本小说是否会以这样一种幸福的方式结束。或者说，甚至连男女主人公是否在信上贴邮票也不知道。

然后是"心中的湖泊"这一描写，更重要的是，女性的"我"说湖是一个"小房间"。提示会有困在房间里，或者是有水的意象。

小川：水和池塘的形象，最后会引向大海。令我印象深刻的是第十封信中的"各塔台，各塔台"的船舶气象报告的情节。不知道他在和谁说话，不知道谁在接收信息，但继续独自说话。"世界上最孤独的人"登场了，感觉这个故事越来越深入了，那的确令人非常愉快。

堀江：我非常高兴。"各塔台，各塔台"我以前曾在中波收音机里听到过。小川女士的作品，例如《人质朗读会》，旅行者被游击队组织抓住并关起来，最后所有人都死了的设定，最后在磁带上发现了像《一千零一夜》那样一个人一个人接着讲故事的录音。留下的"只有声音"。所以我有种感觉，关于听到来自远方的声音的情节一定会出现。于是，我就想到

了船舶气象报告。我想这比股票信息播报要好吧。（笑）

小川：想象一下堀江先生听气象报告的样子，还挺有诗意的啊。是为了排解孤独？

堀江：因为有听广播后把风力啊这些记号写在天气图上的作业，所以就听了气象报告。只是这样，和我的人生没有任何关系。

小川：但它对这部小说很重要。我小时候，也经常转动老式电话的拨号盘去收听时间播报。那是一个女人的声音。我很奇怪这个人究竟在和谁说话。但当由此产生的话费被我父母发现时，他们批评教育了我。据说话费还挺高的。（笑）

堀江：当你开始思考这个问题时，你会感到害怕。不管你一天二十四小时什么时候打电话，它总会告诉你"现在是几点几分几秒"。我想知道他们怎么能做到这一点。这就像小川小说中的主人公一样。

小川：如果是股票信息的话，哪怕说错一日元也是不得了的事。报时也是，差一秒都无法挽回。这责任重大，某种意义上是种苦修。意象就这样膨胀开来。

堀江：我不得不考虑，两个主角处于互相不知道对方在哪里收到信的状态，我必须呈现出这样的内容。这不是一个充满谜团的"奇怪文本"，但收到第一封信后，该如何解读，写回信就像是解谜的过程。彼此都不知道对方知道些什么。我们唯一知道的是，对方知道。我们俩将一起寻找答案，这是我从第一封信中感觉到的。

皮肤的触觉，应该有的温暖感受

小川：我记得很清楚的是，关于这两个人是什么样的关系，我们之间是以一种好像清楚又好像不清楚的感觉互相交流推进的。但我希望堀江先生能写出他们到底是如何相遇的。

堀江：我是个容易害羞的人。（笑）

小川：我想让他写写他们初次见面的地方，但堀江先生以他独特的韧性，设法回避了这部分内容。性急的我终于忍不住了（笑），在第五封信中写到我们在神冈探测器所在地相遇。"我"在衣柜里编织的毛线和被比作太空巡游"母船"的神冈探测器联系在一起，我们的小故事引出宏大的宇宙。我哭着写下了相遇的场景，这还要感谢堀江先生一直没能写成这部分。

堀江：太感谢了。我很抱歉。（笑）漂浮在地下人工湖上同乘一艘船。我很惊讶是这么浪漫的相遇。船也是跨越到"另一个世界"的方式，这也唤起了不再在这个世界上的意象，所以当时我接受了已经消失了一半的存在，或在另一个世界相遇的深刻含义。

编辑部：还有一些场景，我觉得正因为是你们两个人之间才会产生的幽默互动。比如在信中，女性的"我"指出男性的"我"是"五音不全"，读到这里时就觉得在创作之外现实中是不是也在发生着这样愉快的互动。另一方面，在男主人公的信中，对女主人公身体的深入描写也具有感官性。

小川：这位女主人公在写信时回忆了很多事情。最初的僵硬，或者说是寄出第一封信时战战兢兢害怕的感觉慢慢淡化，在适应的过程中，她想起了过去的小插曲。我自己从来没有听过堀江先生唱歌，在写这封信的时候，我一直在和信中的男主人公对话。虽然各种素材都来自我擅长的领域。

堀江：两个人的关系在某个时期已经进展到了零距离、身体接触合一那样的程度，但是现在已经不是那样了。当眼睛睁开时，对方是看不到眼睑的，但书中的男主人公仍能记得对方的眼睑，并保留着对它的触感。眼睑是皮肤，正因为已经有了用嘴唇和指尖抚摸它们的经验，所以女主人公才特别传递出自己已经闭上眼睑这样的信息。皮肤的触感对两个人来说很重要。

当触碰到皮肤时，它是温暖的还是冰冷的？如果这是一个由女主人公创造的故事，那么相比较而言应该是冰冷的。你如何将这种冰冷的感觉与你接触时应该有的温暖感受调和起来？每次收到信后，我都会想到这个问题。

小川：当我在第一封信中写到我决定闭上眼睑的时候，其实也包含了就是闭上了你熟悉的那个眼睑哦，这样的语感吧。

堀江：就是这个意思。她在信里写"可能会无端地引起你的担心"，所以是知道当对方担心时会发生些什么的。我想她可能认为我很可怜。（笑）

编辑部：这是一部可以读很多遍仍能发现未知领域的作品，它的深度和广度是无法穷尽的，但故事最终必然要结束。你们打算如何结束它？

小川：结束要比开始困难得多。我自己写了很多情节，比如我在编织婴儿的襁褓，然后拆了并扔掉，或者婴儿爬行比赛的场景，但是我并不真正知道故事将如何结束。但在脑海中的某个地方，我有一种感觉，我提出的"结局"可能不符合堀江先生的喜好。也有用没有结局的方式来结束故事的选择。

换句话说，读者可能不需要知道两个主人公为什么会分手。

堀江：如果感觉它没有结束，那就太接近我的想法了。（笑）我想这样的结束方式当然是有可能的。在第十三封信中，你写了一句"我出去旅行了一趟"。我把这句话理解为你从濒死的状态中再次回归的信息。

在我的第一封信中，我用了"我身体里的另一个我"这句话。这意味着在另一个世界，而不是这个世界。那个"我"本身在什么样的地方？就像是从神冈探测器联想到的研究所一样。一个女人来到那里，又很快消失。那个实验室是一个不属于这个世界的地方，而"我"正在等待一个闭上眼睑的人。彼此都知道他在哪里，但大家都不想说。只有一个地方可以见面，他们不确定是应该告诉对方，还是不应该告诉对方。如果能在最后确认信确实是寄到了，那不是很好吗？我想我们就是这样想的。

小川：信已经寄到了，但离"我"的心和记忆去到你那里还需要一段时间，所以请你再等我一下。

堀江：也许是为了最后的交流而闭上了双眼。彼此都感觉到通信的不可思议，为什么能达成呢？什么都明白，我说什么她都接受，这是女主人公给人留下的印象。而男主人公，非常努力地通过说各种话题来传达他的感受。我确信他仍然爱着女主人公。

小川：灵魂的重逢。灵魂这个词太美了，但这不是一部关于告别的小说，而是关于重逢的小说。这本书的宣传语说："你将在哪里发现悲伤的秘密？"而这个秘密并不是刻意植入的。

堀江：如果有读者回头再读一遍，"是这里吧？"这一点可能会根据读者的不同而各有微妙的偏差。不想要固定的解释，而是希望当我们作为读者和作者回头看时，可以想起些什么。"不，不是这样的。""如果是这样的话，这里不会显得奇怪吗？"我确信会有这样的事情发生。但是当我在写它的时候，我的感觉是，这不是一个巧合，这是种必然。

编辑部："偶然的重叠不是命运，而是必然"这句话在第六封信。

小川：而且，把偶然变成必然的，才是小说吧。

堀江：真的是这样啊。

传递声音，听清声音

小川：我个人觉得《接着，只要再贴上一枚邮票》这个标题很好。之后要做的真的只是贴上邮票，他们两个人就会重逢了吧，我这是自卖自夸了。（笑）因为是连载的形式，所以我必须先决定这个标题，但最后它也从偶然变成了必然。

堀江：这个标题有很多寓意。比如接着所要做的就是贴上一张邮票，但我没有贴，所以就变成了现在这样——像这样"条件式过去时"。

编辑部：现在重读这部小说，二人的"距离"和"无法见面的日子"，也会和考虑现在严峻的国际形势和新冠疫情的情况联系起来。

小川：即使在物理上身体不能互相接触，但如果我们想与其他人产生联系，有很多方法可以做到。我觉得现在每个人都在以自己的方式探索这个问题。我想这本书证明了，并不是说一定要见面、一起喝酒才是恋爱，极端地说，像书中这样"接着，只要贴上一枚邮票的两个人"，即使是分隔在不同时空，也可以如此亲密地沟通，这本书证明了这一点。

堀江：写的东西逐渐接近现实，现实又越来越接近写的东西，这在任何创作中都是存在的。在第四封信中，我写了一个宇航员的故事，在他驻守空间站期间他的国家发生了巨变。现在这个世界上也正在进行一场战争，最终可能也会发生这样的事情，有时写作就是有这样预言性的效果。

对于这部小说，小川女士从一开始就展示出一个非常符合目前现实状况的"闭门不出"的世界。我觉得自己通过写这部作品训练如何传递声音，如何听清声音。即使你处于被关着的状态，在某个地方也有一艘你的"母船"。男女主人公之间的互动不仅关于他们的现在，也关于接受了过去的凄惨事件以及无法见面的"他们以外的情侣"的事实，在包含这一切的基础上故事发展到现在的阶段。它还在继续，小说的世界并没有关闭。他们之间仍会继续吧，我是这么觉得的。

小川：与其说是互相联系，不如说文学作为接收声音、传递声音的方法是有效的，我认为它起到了这样一个作用。

　　＊该对话于二○二二年四月以在线方式进行。

Ato wa Kitte wo Ichimai Haru dake

Copyright © 2019 by Yoko Ogawa, Toshiyuki Horie

First published in Japan in 2019 by CHUOKORON-SHINSHA, INC., Tokyo

Simplified Chinese translation rights arranged with Yoko Ogawa, Toshiyuki Horie

through Japan Foreign-Rights Centre/Bardon Chinese Creative Agency Limited

All rights reserved.

图字：09 - 2021 - 157 号

图书在版编目（CIP）数据

接着，只要再贴上一枚邮票/（日）小川洋子，（日）堀江敏幸著；黄棘，徐旻译 . -- 上海：上海译文出版社，2024.11. -- ISBN 978 - 7 - 5327 - 9644 - 1

Ⅰ. I313.45

中国国家版本馆 CIP 数据核字第 2024DD5605 号

接着，只要再贴上一枚邮票

［日］小川洋子　堀江敏幸　著　黄棘　徐旻　译

责任编辑/吴洁静　装帧设计/柴昊洲

上海译文出版社有限公司出版、发行

网址：www. yiwen. com. cn

201101　上海市闵行区号景路 159 弄 B 座

苏州市越洋印刷有限公司印刷

开本 787×1092　1/32　印张 9　插页 5　字数 115,000

2024 年 11 月第 1 版　2024 年 11 月第 1 次印刷

印数：0,001—5,000 册

ISBN 978 - 7 - 5327 - 9644 - 1

定价：58.00 元